LAURENT

Valérie Fignon, Directrice de la Communication et des Relations extérieures de l'ESJ Paris (École supérieure de journalisme), est la femme de Laurent Fignon, décédé d'un cancer du poumon le 31 août 2010.
Michel Cymes, médecin, est l'un des animateurs des émissions Le Magazine de la santé et Allô docteur.
Patrice Romedenne, journaliste et rédacteur en chef à France 2, présente la revue de presse quotidienne de Télématin.

VALÉRIE FIGNON
MICHEL CYMES PATRICE ROMEDENNE

Laurent

GRASSET

ISBN : 978-2-253-17942-9 – 1re publication LGF

A mon mari.

Avant-propos

Ce livre est une histoire d'amour.

Je l'ai écrit en souvenir de treize ans de vie commune avec mon mari, Laurent Fignon, et pour témoigner des quinze mois de son combat perdu contre le cancer.

Ce livre est aussi l'histoire d'une amitié avec Michel Cymes et Patrice Romedenne.

Ils ont en commun l'humour, le sens de l'autodérision, l'humanisme et l'empathie nécessaires pour aborder les sujets graves. Par son sens du récit, Patrice, le journaliste, m'a aidée à construire mon histoire. Michel, le médecin le plus médiatique de France, jouit quant à lui d'une sensibilité hors norme et de précieuses compétences médicales. J'ai souhaité qu'il intervienne tout au long du récit pour expliquer le travail des médecins et commenter mes émotions.

Ce livre, enfin, rend hommage à un immense champion et aux milliers de familles concernées par le cancer. En l'écrivant, j'ai versé beaucoup de larmes, c'est normal, et j'ai ri, ce qui est bon signe. Il est parfois dur, gorgé d'espoir, et tout y est vrai.

Valérie FIGNON

L'Agenda

Un homme qui écrit n'est jamais seul.

Paul VALÉRY

C'est un agenda de taille moyenne, en cuir, noir. Il faut, pour l'ouvrir, tirer sur la bande élastique verticale située à main droite, non loin du bord de la couverture. Ce geste, j'ai vu Laurent le faire à maintes reprises : c'est là qu'il notait ses rendez-vous.

Quand Laurent est parti, l'agenda a trouvé sa place dans le tiroir de sa table de nuit. Celle de l'absent. Je ne sais pas vraiment comment mais ça n'a pas d'importance. Je le savais là, c'était tout. Il m'arrivait d'y mettre mon nez. Je le feuilletais avec nostalgie, machinalement, sans rien y chercher de particulier. L'objet lui était personnel et sans doute avais-je besoin de le toucher, de le tenir, de l'avoir dans les mains comme lui l'avait eu dans les siennes. Ainsi, neuf mois après la mort de Laurent, la table de nuit, le tiroir, l'agenda, les pages qui défilent jusqu'aux dernières… Et là, je tombe en arrêt : sous mes yeux, quatre pages manuscrites ! Incrédulité : comment ai-je pu, pendant neuf mois, passer à côté de ces lignes ? Savez-vous ce qui est le plus difficile à cet instant ? Le plus difficile, c'est de revoir l'écriture de Laurent. Découvrir des lignes que je n'ai jamais lues. J'ai presque l'impression qu'elles viennent d'être écrites, qu'elles sont toutes fraîches. Je les reçois comme un témoignage de vie qui s'inscrit à rebours de la période de deuil. Machinalement, je m'assois au bord du lit, près de sa table de nuit. Mon cœur bat la chamade. J'entrevois la possibilité d'en savoir plus sur l'état psychologique de Laurent face à la maladie. En matière d'information, l'entourage du malade n'est jamais repu. Il veut toujours en savoir plus. Et quand le malade s'appelle Laurent Fignon, qu'il est et se sent fort, qu'il n'a jamais été du style à s'épancher, qu'en mari attentif il a toujours veillé à me protéger, il y a de quoi être intriguée… De grosses larmes perlent déjà sur mon visage. La perspective de lire Laurent me bouleverse.

D'entrée, je comprends qu'il n'entrevoyait pas d'alternative à la victoire contre le cancer. Sinon, pourquoi aurait-il pris le temps de coucher sur le papier ce qui ressemble au plan détaillé d'un livre sur son combat ? Oui, il se projetait dans l'après-maladie ! Un jour, il l'écrirait, ce livre !

Je découvre les différentes parties. Il revient sur les premières inquiétudes consécutives aux premiers symptômes, note succinctement les conditions dans lesquelles il a été informé de sa maladie alors qu'il était au volant d'une voiture… De toute évidence, il prévoyait de consacrer une longue partie au traitement et à ses conséquences sur la vie quotidienne. La fatigue, le doute, le travail, les amis, la famille, les réactions de l'entourage, la recherche d'infos sur

Internet, les conseils des uns, les recommandations des autres, l'acupuncture, la perte des cheveux, des poils, des sensations et tout le reste… Des mots écrits les uns après les autres, rangés les uns sous les autres, quatre pages truffées de balises censées lui permettre de s'y retrouver au moment de prendre la plume. Des mots comme des têtes de chapitre. Sur ces pages, apparaissent aussi des pistes de réflexion. Qu'apporte le sport de haut niveau dans le combat de tous les jours ? s'interroge Laurent. Et de lister avec pertinence les thèmes qu'il entendait développer : la concentration, la déconcentration, la motivation, la faculté d'oublier les mauvais moments, la patience, l'interdiction de se plaindre, la prédisposition à supporter la douleur, le besoin d'analyser ses sensations, la capacité à rebondir, la nécessité d'établir des comparaisons positives, de gérer son énergie… Et puis Laurent se demande s'il peut avoir la même vie. « L'air de rien », écrit-il. Toujours ce besoin de ne pas déranger, de ne rien changer aux habitudes, même s'il n'est dupe de rien. Pour preuve, ces notes où il est question des « réactions de peur de certains » ou des « yeux des gens qui vous regardent »… Je note cette phrase : « On est considéré comme un mort en sursis, plus bon à rien, à reléguer aux oubliettes les plus profondes comme pour ne pas rappeler que cette maladie existe. » Et juste après : « L'important est d'être ferme sur son but. » Du Laurent tout craché : l'abattement suivi du sursaut !

Il n'y a rien de plus banal qu'un manuscrit. Rien de plus précieux aussi. Ces quatre pages manuscrites sont une source fondamentale pour moi. Elles rassemblent plus qu'une série de mots : elles ne constituent rien de moins que l'esquisse d'un cœur qui bat, rien de moins que la fixation matérielle d'une pensée en mouvement. Nul secret, nulle révélation. Mais neuf mois après le décès de Laurent, alors que je me trimbale une bonne vieille dépression au point, par moments, de ne plus pouvoir respirer, je les accueille, ces pages, comme une manifestation de vie.

C'est donc munie du précieux agenda que je me rends chez le psy. Cela fait alors trois mois que je consulte. Je lui montre ma découverte. Je ne sais pas vraiment pourquoi mais je la lui montre.

— C'est beau, me dit-il, c'est peut-être là un signe de Laurent. Ecrivez-le, ce livre !

— Quoi ? Moi ? Ecrire ? Je ne suis pas Laurent, donc pas en mesure de dire ce qu'il a réellement vécu et ressenti.

— Vous devriez écrire…

Ecrire ? A vrai dire, la proposition m'en avait déjà été faite. J'avais décliné. Pas prête, pas qualifiée.

Ecrire ? D'autres s'en étaient chargés au lendemain de la mort de Laurent… Avec stupeur, j'avais découvert qu'un journaliste se faisant passer pour l'un de nos proches avait écrit un mauvais livre. Il s'était trouvé une maison assez stupide pour croire à ses balivernes. J'avais vainement essayé de faire interdire le livre. Heureusement, le public s'était chargé de régler son compte à ce catalogue d'inepties : le bouquin avait fait un flop.

Ecrire ? Je ne sais ce que le psy a semé ce jour-là dans ma tête mais quelque chose a éclos, quelques mois plus tard, à la faveur d'une discussion avec des personnes travaillant dans le milieu médical.

— Il y a beaucoup de choses à dire sur l'accompagnement des malades, m'avait-on confié. Votre expérience peut intéresser, voire aider des gens qui vivent ce que vous avez vécu avec Laurent.

Ecrire. Le psy m'a dit d'écrire. Sans doute avait-il raison. Ecrire donc… Sans fard, sans retenue.

Laurent et moi

Une maison, deux êtres, un esprit : voilà le bonheur.

Proverbe kurde

J'ai vécu avec un homme exceptionnel. Exceptionnel ne veut pas dire parfait. Exceptionnel veut dire qui fait exception. Laurent était magnifiquement râleur, diablement généreux, sincèrement anguleux, intelligemment batailleur, éloquemment enquiquineur, résolument tendre, épouvantablement attachant. Je prends les mots comme ils viennent, je les égrène, je laisse la plume glisser sur le mode oxymore car Laurent, c'était l'homme que l'on pouvait adorer et détester dans la même journée. Avec Laurent, j'ai aimé, passionnément, raisonnablement, solidement, j'ai été aimée en retour et me suis même persuadée qu'au fond, le bonheur, ça n'est pas si compliqué. Lui n'était pas loin de penser la même chose puisqu'il disait à ses amis qu'il était heureux à mes côtés.

J'ai vécu avec un homme qui n'est pas tout à fait celui que le grand public a pu connaître. Entre le Fignon qui, dans les années 80, occupait le haut de l'affiche et le Laurent qui, deux décennies plus tard, aspirait à un relatif anonymat, il y a un gouffre. Entre Fignon, le champion de cyclisme dédaigneux, arrogant, hautain, susceptible de péter les plombs, pour tout dire immature (puisque c'est ainsi qu'il se décrivait avec du recul) et Laurent, l'homme capable de délicatesse, sensible, tendre, fiable, bref, débarrassé des tares de la jeunesse et de l'insouciance, il y avait le cheminement de la maturité. Entre Fignon, le totem du sport qui confessait avoir eu un temps « le cigare », et Laurent qui me remerciait pour ma franchise quand je l'envoyais balader, il n'y avait aucun rapport. A vrai dire, Fignon, je ne l'ai jamais connu. Je me rappelle à peine avoir su qu'il existait. Je n'avais pas quatorze ans lorsque Laurent a remporté son premier Tour de France et ne me souviens pas avoir éprouvé quelque émotion que ce soit en voyant pédaler ce blond à lunettes avec son catogan. Et d'ailleurs, l'ai-je seulement vu, ne serait-ce qu'une fois ? Je n'en jurerais pas… Adolescente, j'entretenais avec le sport un rapport de défiance. J'avais essayé le judo, testé la gym, commencé la danse, bref touché à tout sans m'investir sérieusement dans aucune discipline : il est vrai que dès que je prenais un coup, j'avais mal, m'en plaignais et changeais de sport ! En fait, je crois que je préférais consacrer mon temps libre à lécher les vitrines de Nevers. Oui, j'habitais à Nevers. La capitale de la Nièvre n'a rien d'une station balnéaire, je vous le concède, mais elle a sa rue du Commerce, la bien nommée ! Tous les magasins s'y concentrent. On l'arpente dans un sens, on l'arpente dans l'autre sens, on y rencontre forcément quelqu'un que l'on connaît, on prolonge le plaisir à la terrasse d'un café et il faut reconnaître qu'après ça, on en a fait le tour. J'ai toujours su que je quitterais Nevers. Ne serait-ce que pour goûter le plaisir d'y revenir de temps à autre. J'y ai ma famille que j'adore, à commencer par ma mère. Une femme joviale, attachante, impulsive, jeune, et pas que d'esprit : elle n'avait que seize ans lorsqu'elle m'a mise au monde. Je suis née en 1969 d'une relation illégitime mais n'ai pas l'impression d'en avoir réellement souffert. Mon père biologique, homme taciturne et solitaire, a toujours su faire preuve de bienveillance à mon égard, son épouse a eu l'élégance de m'aimer et l'homme qui m'a élevée auprès de ma mère a toujours été présent. Ce montage familial un rien original, où l'on croise aussi une demi-sœur et un demi-frère (Alexandra et Stéphane, si précieux), a des airs d'usine à gaz mais il n'a jamais perturbé cette gaieté dont tout le monde me créditait. Jeune, j'étais appréciée pour ma gentillesse et mon humour, et on me parlait suffisamment souvent de mes yeux et de mon sourire pour que j'en arrive à croire que la nature s'était montrée magnanime à mon endroit. Oui, j'ai grandi heureuse à Nevers, ville d'art, d'histoire et de rock'n'roll, entre les sempiternelles visites de la châsse de Bernadette Soubirous, la star locale, et les soirées en boîte où je me trémoussais sur U2, Police et Madness… C'était les années 80, Bono se remémorait le *Bloody Sunday*, Sting dévoilait son amour pour une prostituée nommée *Roxanne* et le ska émergeait, m'emportant *One Step Beyond*, Un pas en avant… Oui, ce pas en avant, il était écrit que je le ferais car je rêvais d'indépendance et de grandes villes et il m'emmènerait, ce pas, à 250 bornes de là, à Paris, où je rencontrerais quelques années plus tard un homme descendu de son vélo, Laurent Fignon, l'homme de ma vie.

Faut-il y voir une forme de clin d'œil du destin ? Dans les années 90, les différents boulots que j'ai exercés m'ont conduite à fricoter, en tout bien tout honneur, avec l'univers du cyclisme. J'ai sévi comme hôtesse d'accueil et distribué des objets publicitaires sur plusieurs courses ; je suis même montée sur le podium du critérium du *Dauphiné libéré* pour y remettre le bouquet du vainqueur à Miguel Indurain. J'ai embrassé la star espagnole dégoulinante de sueur sur les joues, ainsi que le commande l'usage, sans me douter que bientôt, d'autres baisers, plus ardents, me rapprocheraient d'une autre figure de la planète vélo !

On ne sait jamais trop comment deux êtres en viennent à s'aimer. Entre Laurent et moi, il n'est pas exclu que les choses se soient nouées à notre insu. C'était à Roland-Garros. Je travaillais pour Peugeot qui mettait des véhicules à la disposition de l'organisation : je transportais les joueurs. Des stars du sport, j'en croisais tout au long de mes journées et je ne fus pas spécialement épatée lorsqu'un ami commun me présenta à Laurent.

— Fais attention à ses yeux, avait dit à Laurent l'ami en question, toujours bienveillant, en parlant de moi.

A défaut de craquer pour mes yeux, Laurent me proposa, quelques semaines plus tard, de devenir son assistante. Ce fut pour moi l'occasion d'apprécier… son regard ! Celui qu'il portait sur les choses et, bientôt, celui qu'il porterait sur moi. Nous travaillions dans l'harmonie et la complémentarité : nous organisions des courses cyclistes et des événements sportifs pour des entreprises. Une collaboration efficace, non dénuée de complicité car nous faisions tout nous-mêmes. A la fois assistante, graphiste, logisticienne, DRH, comptable, commerciale, photographe, manutentionnaire et même, à l'occasion, conductrice de camion, je m'investissais à fond dans la vie de cette petite structure où prévalaient la bonne humeur et l'envie. Sans doute Laurent l'avait-il perçu. Je déclinai une première invitation à dîner. J'acceptai la seconde.

Le 31 août 1997, nous faisions route vers la Bretagne pour assister au grand prix de Plouay. Déplacement professionnel : Laurent avait l'intention d'organiser des courses cyclistes et voulait voir de près comment fonctionne un tel barnum. On ne peut pas dire que sur la route, les comportements aient été neutres. Quelques regards échangés, quelques sourires, quelques confidences et même une proposition de massage suivie d'un éclat de rire plus ou moins maîtrisé… Chiche ? En tout cas, à ce moment-là, personne n'a dit non. Flottait dans l'air comme une évidence qui allait se confirmer à l'heure du dîner, devant un plateau de fruits de mer, sur la place principale de Plouay. Laurent était au Coca, moi au vin blanc, mais ce n'est pas ce qui explique que j'aie été plus entreprenante que lui. Il était extrêmement pudique, se livrait peu même si, rétrospectivement, je peux affirmer qu'il se dévoila ce soir-là comme jamais. Je fus sensible à la sincérité de l'homme qui évoquait avec sévérité le jeune sportif qu'il avait été :

— Après avoir gagné le Tour de France en 83, j'avais le melon, la tête comme une pastèque. J'envoyais balader tout le monde, j'étais dur avec les gens, aussi dur que je peux l'être avec moi-même, m'avait-il dit.

Les choses avaient duré quelques mois, quelques mois de trop de son propre aveu, jusqu'à ce qu'il poursuive une carrière qui s'achèverait en 1993 à… Plouay !

Oui, c'est à Plouay que Laurent avait mis fin à 12 ans de professionnalisme.

Plouay, donc : troisième dîner dans la plus grande intimité. J'appris ce soir-là que, paradoxalement, quand deux vides affectifs se rencontrent, ils se comblent l'un l'autre.

Au nom de je ne sais quel équilibre des choses, le hasard a voulu que le bonheur de cette rencontre coïncide avec un malheur planétaire : au moment où Laurent et moi échangions notre premier baiser, une Mercedes, avec à son bord une princesse aimée de tous, achevait sa course démente dans un pilier, à Paris, sous le pont de l'Alma. La mort de Diana ? Le 31 août 1997 ! Je le sais, je l'ai toujours su, je le saurai toujours : le 31 août 1997, c'est le jour où Laurent et moi nous sommes rapprochés… Et au cas, improbable, où j'aurais pu l'oublier, la musique médiatique, qui fait volontiers dans le marronnier et la célébration, se serait chargée de me rafraîchir la mémoire, à échéance régulière.

31 août 98, 1 an…1 an que Diana est morte, 1 an que j'ai rencontré Laurent…

31 août 99, 2 ans… 31 août 2000, 3 ans… Et ainsi de suite, jusqu'à ce 31 août 2010 où il ne fut plus question d'avoir une pensée distraite pour feu la princesse, ni même de célébrer quelque anniversaire

amoureux que ce soit mais bel et bien d'affronter la cruauté du destin. Car c'est le 31 août 2010 que Laurent s'en est allé.

13 ans après Diana, 13 ans après notre premier baiser…

13 ans de bonheur, 13 porte-malheur…

Au bureau, être la compagne du patron ne fait pas et ne fera jamais de moi une favorite. Au contraire : quand quelque chose ne va pas, c'est moi qui prends ! Laurent pouvait être d'autant plus rude qu'il était proche des gens. Sans doute faut-il voir dans ce type de comportement le fruit d'une éducation stricte, où les démonstrations d'affection n'étaient pas la norme et où il fallait savoir se contenter de peu. A remonter l'arbre généalogique des Fignon, on croise des jardiniers, des cordonniers et des couturières, des gens honnêtes et imprégnés d'une double culture : celle du travail bien fait et du service rendu. Fais ce que tu as à faire, aie du courage et évite de te plaindre : telle pourrait être la devise familiale historique de l'homme que j'apprends à aimer un peu plus chaque jour. Nous venons du même milieu, modeste, et nous sommes élevés socialement, lui de manière spectaculaire à la faveur de ses exploits sportifs, moi de manière plus laborieuse en poursuivant des études supérieures. Après avoir quitté Nevers et ma famille quelques années plus tôt pour tenter ma chance à Paris, me voilà aux côtés d'un homme public, même s'il a parfois du mal à l'assumer. Il n'est pas rare que Laurent, quand il est reconnu dans la rue ou au restaurant, contienne l'affection des gens en leur disant qu'il n'est pas Laurent Fignon ! Qu'il y a erreur sur la personne ! Les gens doutent mais s'éloignent. Il ne faut y voir nulle méchanceté, nulle volonté de se moquer : si Laurent pouvait être fier de sa carrière de champion, il n'en faisait pas l'étalage. Oublieux des efforts qu'il avait pu faire pour atteindre le haut niveau sportif, il considérait qu'il avait bénéficié de prédispositions particulières et qu'il n'y avait pas là de quoi bomber le torse. Enfant, alors que ses parents attendaient ses premiers pas, ne s'était-il pas mis directement à courir ? N'avait-il pas gagné, sans jamais forcer son talent, toutes les courses de vélo qu'il avait faites avec ses copains ? Tout cela ne prouvait-il pas qu'il avait juste un don ? Désormais à la retraite, le champion pour lequel je n'avais pas éprouvé le moindre intérêt quinze ans auparavant, lorsqu'il était au sommet et médiatiquement omniprésent, m'entraînait dans l'autre aventure de sa vie, celle de sa reconversion dans les affaires. Et je le suivais volontiers car je ne me lassais ni de son sourire ni de son regard bleu. Et même si dans le cadre du travail il nous fallait être discrets, il ne pouvait s'empêcher de me regarder différemment des autres femmes. Je m'en rendais compte, j'en étais amusée et flattée. J'étais amoureuse. Nous travaillions en open space, donc pas forcément dans les conditions idéales pour s'aimer en cachette. Quelquefois, j'avais droit à une convocation dans le bureau du patron pour n'y traiter aucun dossier… Ainsi s'écoulèrent les années, dans la complicité, aussi bien au travail que dans notre vie privée. Laurent m'a ouvert son monde. Un monde d'hommes. Macho. Rigolo. Je l'ai découvert à la faveur des discussions dont j'étais témoin quand Laurent recevait ses amis. J'adorais ces soirées passées à les écouter raconter leurs vieilles histoires de vélo, je riais avec eux.

Un monde d'hommes où il était souvent question de femmes avec parfois des histoires ahurissantes, à peine croyables, car les sportifs de haut niveau sont souvent sollicités… Laurent le premier :

— Un soir d'étape, un mec m'aborde et tu sais quoi ? Le mec me supplie de sauter sa femme ! Tu le crois ? C'était un Belge ! Il me dit : je vous offre ma femme pour quelques heures, elle a envie de faire l'amour avec un champion, ça lui fait plaisir et moi aussi ça me ferait plaisir ! Tu le crois, ça ? Le mec me disait qu'il serait flatté !

Oui, que de fous rires à l'évocation des jeunes années de cette délicieuse bande de sales gosses qui, devenus adultes, avaient conservé leur humour de salle de garde. Gilbert Duclos-Lassalle n'a vraisemblablement pas oublié cet après-midi où, directeur de la course Paris-Nice, il se saisit du micro de Radio-Course pour annoncer le plus sérieusement du monde que le peloton va rentrer dans Montfroc, charmante bourgade du département de la Drôme. Laurent et son ex-équipier Vincent Barteau, avec lequel il était cul et chemise, se regardent et se comprennent instantanément. Ils s'emparent du micro et commentent :

— Le peloton s'étire dans Montfroc… Grosse accélération dans Montfroc… Y en a partout dans Montfroc…

Radio-Course délire. Dans leur voiture branchée sur la fréquence, directeurs sportifs, commissaires de course, médecins, invités, tous se gondolent.

Cet univers m'amusait, au point parfois de m'inciter à jouer les pousse-au-crime :

— Regarde, vite, vite ! disais-je parfois à Laurent au passage d'une jolie femme.

En voiture, cela nous a valu quelques coups de frein mémorables… Car, homme à lunettes, Laurent aimait les femmes. Il savait se placer pour apercevoir à la dérobée un sein enfoui dans un décolleté ou examiner le haut d'une cuisse aux reflets cuivrés. Il adorait le printemps parce que, disait-il, les femmes commencent à se dévêtir. D'ailleurs, un jour de finale des Internationaux de France de tennis, Guy Carlier avait débusqué le mateur dans les tribunes. Il en avait tiré une chronique joliment intitulée « Laurent Garros » : *A un moment, nous avons dû nous lever pour laisser passer une jolie fille vêtue d'une courte robe d'été laissant apparaître de belles jambes bronzées qui regagnait sa place après être allée chercher une glace. Le regard de Laurent Fignon suivit les jambes bronzées, puis s'attarda sur la glace au moment où elle entrait en contact avec les lèvres de la jolie fille…*

Bien vu ! C'était tout Laurent. Je n'étais pas jalouse, bien que ce soit dans ma nature, je le savais amoureux. Les seules infidélités qu'il pouvait me faire (autant que je sache !), c'était pour aller passer la journée à l'autre bout de la France sur un parcours de golf, sa passion, ou dévorer un livre.

— Je ne connais pas de meilleure évasion que le golf et la lecture, disait-il.

Les livres ? Jamais de poche ! Il les aimait lourds, épais. Simples polars, prix Goncourt ou sortis de la Pléiade, peu importe, mais jamais de poche !

Pour le reste, nous partagions une attirance pour le théâtre, une prédisposition pour la découverte de galeries d'art et un goût prononcé pour le simple plaisir de ne rien faire, mais à deux ! Tout cela se faisait peut-être au détriment de sa famille que pourtant il disait aimer. Il échangeait volontiers avec son frère Didier, qu'il conseillait professionnellement, mais à mon goût, il ne rendait pas suffisamment souvent visite à ses parents, Marthe et Jacques, des gens adorables. Il regrettait de ne pas profiter autant qu'il l'aurait voulu de ses enfants, Tiphaine et Jérémy, nés d'un premier mariage qui s'était soldé par un divorce, avec son lot d'incompréhensions…

Ainsi était l'homme que j'aimais : rieur, entouré, franc, libre, oui, farouchement libre, au point de parfois s'enferrer pour des broutilles. Les hommes de caractère, dit-on, ont mauvais caractère et une fois, j'eus à l'éprouver douloureusement. Nous étions sur la route de Nevers lorsque le ton se mit à monter : nous n'étions pas d'accord sur le programme des vacances. Nous arrivâmes chez mes grands-parents qui se faisaient une fête de nous recevoir. C'était en effet la première fois que Laurent venait dans leur maison, je vous laisse imaginer l'état d'excitation de mon grand-père, un fou de cyclisme ! Tronche de Laurent : il m'en voulait. A peine débarqué, il se cale dans le canapé et se plonge dans la lecture de *L'Equipe* ! Papy sent qu'il y a un malaise. Accommodant, il cherche quelque chose à dire, histoire de briser la glace et là, s'adressant à Laurent planqué derrière son journal, il commet l'irréparable :

— Et Greg LeMond ? Vous avez des nouvelles de Greg LeMond ?

Je sursaute. Greg LeMond ? Je le regarde, ahurie. Il a bien dit Greg LeMond ? L'homme qui a empêché Laurent de remporter son troisième Tour de France en 1989 ? Cette année-là, Laurent a fini deuxième de l'épreuve, à huit secondes, oui, huit secondes du coureur américain, au terme du final le plus époustouflant et le plus hitchcockien de l'histoire du sport cycliste, mais le plus douloureux pour lui. Parler de LeMond à Laurent, c'est comme parler de corde à un pendu !

— Non, pas de nouvelles. J'en ai rien à faire moi, de Greg LeMond, répond Laurent.

Je rappelle que c'est la première fois qu'il venait chez mes grands-parents… Après cela, on n'a jamais entamé la bouteille de champagne. On a écourté la visite. De retour à Paris, j'ai pris mes cliques et mes claques et suis retournée dans mon appartement. J'étais furieuse. Laurent m'a bombardée de SMS et de messages vocaux. Pendant trois jours, je l'ai ignoré. Une fois la colère retombée, je suis revenue à lui.

— Qu'est-ce que je peux faire pour que tu me pardonnes ? m'a-t-il demandé.

— Tu appelles mes grands-parents et tu t'excuses.

Et il l'a fait ! Je savais sa difficulté à reconnaître ses torts, je ne l'en croyais pas capable mais il l'a fait, il leur a téléphoné. Son amour pour moi a prévalu sur sa fierté.

— Je suis désolé, je ne sais pas pourquoi mais de temps en temps je fais ma tête de con, pardonnez-moi, je n'avais rien contre vous, j'étais énervé, je m'étais engueulé avec Valérie…

Ce jour-là, en entendant Laurent parler à mes grands-parents qui n'en demandaient sans doute pas tant, j'ai pleuré.

Voilà. C'est avec cet homme-là que j'ai vécu des années exceptionnelles. Avec Laurent, j'ai pleuré – un peu –, j'ai ri – beaucoup –, j'ai pleuré de rire – souvent –, j'ai vécu – intensément –, et j'ai connu ce bonheur qu'un jour la maladie a torpillé, rendant l'histoire effroyablement belle.

L'annonce

La parole est moitié à celui
qui parle, moitié à celui qui écoute.
MONTAIGNE

Laurent et moi nous sommes mariés dans les Hautes-Pyrénées, à Bagnères-de-Bigorre, le 17 mai 2008. Laurent y avait repris un hôtel trois étoiles de 54 chambres avec restaurant gastronomique.

Nous avions imaginé partir en voyage de noces. La Polynésie nous faisait rêver. Et plus le temps s'écoulait, plus le rêve s'étiolait. Un an après être passés devant le maire, nous en étions encore à feuilleter les catalogues touristiques, à passer de vagues coups de fil pour monter un voyage de plus en plus improbable. Nous en étions encore… Un « nous » de majesté… En réalité, ce voyage, je le préparais seule. Non pas que Laurent s'en désintéressât. Simplement, il avait d'autres priorités. Les affaires de Bagnères l'accaparaient et comme tout ne fonctionnait pas comme il le souhaitait, je nous voyais pris au piège d'un cercle vicieux où la fatigue nourrit le manque d'entrain, où le manque d'entrain agit sur le moral et où le moral en berne tue l'envie. Laurent se repliait sur lui-même, nous sortions moins, espacions nos rencontres avec les amis. Mais après tout, qui n'a jamais connu un passage à vide ? Qui n'a jamais eu un coup de pompe ? Fatigue passagère, me dis-je à l'époque…

Au printemps 2009, Laurent termine son autobiographie, intitulée *Nous étions jeunes et insouciants*, à paraître chez Grasset[1]. Ce n'est pas un livre, c'est un sprint ! L'affaire a été rondement menée avec le concours du journaliste Jean-Emmanuel Ducoin : quatre mois d'écriture seulement ! L'éditeur tient à ce que le livre soit en librairie avant le départ du Tour de France, en juillet. Le mois de juin sera consacré à la promotion.

De fait, en préambule à la grande boucle qu'il commente pour France Télévisions et Europe 1, Laurent enchaîne les émissions de télé et de radio. Son marathon médiatique passe par l'émission de Patrick Sébastien, « Le plus grand cabaret du monde ». L'enregistrement est interminable. Laurent en revient en se plaignant d'un torticolis sans doute dû à sa posture : il est vrai qu'il était installé de telle manière qu'il a passé la soirée à regarder sur le côté, en direction de la scène.

Le lendemain, au réveil, le torticolis est encore là. Pourquoi s'inquiéter ? Le surlendemain, torticolis, toujours… Je réconforte, je tâte, je palpe. Laurent me prend alors le poignet et me guide pour me faire toucher deux ganglions dans le cou, du côté droit, à l'endroit où la douleur est selon lui la plus intense. Je

1. *Nous étions jeunes et insouciants* a paru chez Grasset en 2009. (N.d.E.)

sens deux grosseurs, comme des petits kystes très durs. Et je n'aime pas ça.

— J'espère que ce n'est pas une merde ! dis-je à Laurent.

— Ben moi aussi, j'espère...

A aucun moment le mot cancer n'est prononcé. Mais il est dans nos têtes. Je presse Laurent d'aller voir un médecin. Il temporise. J'insiste. Quelques semaines passent, Laurent prend rendez-vous.

Les ganglions grossissent. Il faut en passer par une batterie d'examens dont les premiers résultats nous rassurent. Le bilan sanguin ? Parfait. Les radios ? Pas de problème. Petit bémol :

— Ne crions pas victoire avant de savoir ce que contiennent ces foutus ganglions, nous dit Jean Juras, un ami radiologue qui recommande une ponction dans l'un d'entre eux.

Elle sera effectuée dix jours plus tard dans un grand hôpital parisien vers lequel des amis, médecins et chirurgiens, nous ont orientés. Nous nous en remettons à eux avec d'autant plus de facilité que nous n'y connaissons rien et que leur bienveillance permet à Laurent d'avoir accès aux plus grands spécialistes en un temps record. S'appeler Laurent Fignon, c'est vrai, ça aide. Ça permet de passer un scanner en trois jours là où d'autres patientent jusqu'à trois mois... Nous sommes conscients d'être privilégiés, rassurés d'être entre de bonnes mains.

Et puis, tout a basculé un vendredi. Nous roulions vers le sud, en direction de Nevers, à l'invitation de Dominique Bergin, P.-D.G. de la société Look : il avait souhaité que nous participions à son épreuve cyclo-sportive annuelle qui se déroule dans la Nièvre. Nous avions accepté d'autant plus volontiers que ma famille est originaire de cette région. Nous pourrions ainsi joindre l'utile à l'agréable, voir nos proches et pédaler un bon coup.

Le soleil brillait, l'autoroute nous appartenait, Laurent conduisait, silencieux, songeur. Flottait dans l'air un mélange de gêne et d'inquiétude. Nous n'en parlions pas mais, séparément, nous ne pensions qu'à ça. Ça : le coup de fil du médecin qui avait fait la ponction. Il avait promis de nous appeler ce jour-là. L'après-midi était bien entamé et le téléphone n'avait toujours pas bronché. Plus ça tardait plus j'avais peur. Dans ces cas-là, l'imagination fonctionne à fond. Pourquoi ce silence ? Pourquoi les choses prennent-elles autant de temps ? Est-ce à dire que les nouvelles sont mauvaises ? Faut-il comprendre que le médecin peaufine un discours délicat à tenir ? Ces questions ne débouchent sur aucune réponse. Elles ne font que générer d'autres questions et alimenter une anxiété qui est à son paroxysme quand, sur le coup de 17 heures, le téléphone de Laurent sonne.

— Allô ?

— …

— Ah bon…

— …

— OK…

— …

— Ah d'accord…

Je n'entends rien de ce qui se dit à l'autre bout du fil. Mais je sais. J'ai su instantanément. J'ai compris.

Je capte quelques bribes de ce que dit Laurent. J'en déduis qu'on vient de lui annoncer qu'il a un cancer, probablement digestif, peut-être un cancer de l'estomac. J'entends Laurent prendre rendez-vous pour la semaine suivante. J'y vois un signe : il y a urgence.

Laurent raccroche. D'une main. De l'autre, il tient le volant. La conversation, froide, laconique, n'a pas duré deux minutes pendant lesquelles la voiture a continué sa route.

Maintenant, le silence. Je le romps :

— Qu'est-ce qu'ils disent ?

— Ils disent : *Monsieur Fignon, on a trouvé des cellules cancéreuses, des métastases...*

Nouveau silence. Laurent pose sa main sur ma cuisse.

— Bon, j'ai un cancer, ne t'inquiète pas, ça se guérit...

Laurent fixe la route, imperturbable. Un cancer ? Il me dit qu'il a un cancer et que je ne dois pas m'inquiéter ? Je hurle de l'intérieur. De grosses larmes coulent lentement sur mon visage tourné vers la campagne nivernaise. Envie de fuir, comme les platanes sur le bas-côté. Nevers approche. Il reste vingt kilomètres que nous parcourons dans un silence qu'alourdit l'inaudible ronron du moteur électrique : on roule en véhicule hybride, il paraît que c'est l'avenir.

On arrive. Sécher ses larmes. La famille. Les copains. Les officiels. Faire comme si de rien n'était.

— Ça va ? Vous avez fait bon voyage ?

— Super !

Réception, dîner. Laurent donne le change. Il sourit ! A notre table, le directeur général d'Amaury

Sport Organisation, l'ex-coureur cycliste Laurent Jalabert et sa compagne. Je voudrais leur dire, leur confier ma détresse, leur hurler la vérité. Mais je souris ; comme Laurent. Je parle ; comme Laurent. Je plaisante ; comme Laurent. Personne ne sait, personne ne voit. Personne ne peut savoir, personne ne peut voir. Vous savez quoi ? Ce soir-là, avec Laurent, on a été bons.

Pour autant, nous ne nous éternisons pas.

— Vous comprenez, la fatigue…

Simple prétexte. La nuit ? Un enfer qui se résume à ce dialogue, maintes fois joué :

— Tu dors ?

— Non. Et toi ?

— Non.

Au matin, Laurent a les jambes coupées. Il ne voit pas comment il va pouvoir prendre le départ de la cyclo-sportive pour laquelle nous nous sommes déplacés. Il ne veut pas, il ne peut pas y aller. Je l'incite à se bouger, à ne pas se renfermer sur lui-même. Lui parler de courage. A lui ! Lui qui, mieux que quiconque, en a repoussé les limites maintes et maintes fois ! Allez Laurent ! Soixante-dix kilomètres ! Une boucle ! Juste une boucle ! Avec Bernard Hinault, avec Laurent Jalabert, avec Eric Boyer, avec tous les autres anciens coureurs invités.

Laurent fera la boucle. Nouvelle démonstration de force de volonté. En préambule, me dis-je, à ce qui nous attend.

*

Michel Cymes : « Les médecins ne sont pas formés à annoncer le pire. »

Le récit de Valérie fait cruellement penser à un slogan qui, jadis, fit la fortune de France Télécom : *Le bonheur, c'est simple comme un coup de fil.*

Plutôt sourire avec tristesse, en effet, qu'hurler de rage... Car c'est à hurler. Est-il tolérable d'apprendre que l'on souffre d'un cancer par un simple coup de fil ? Un médecin peut-il prononcer le pire mot qu'un patient puisse entendre sans préalablement s'embarrasser d'un minimum de précautions ? Sans se poser quelques questions élémentaires ? Où est le patient ? Que fait-il ? Avec qui ?

A priori non, trois fois non, mille fois non !

Que Laurent Fignon ait été informé de son cancer alors qu'il filait sur l'autoroute frôle l'homicide involontaire. Un coup à se foutre en l'air ! Au propre comme au figuré car à 130 km/h, on a vite fait d'embrasser le décor.

Pourtant, aussi insupportable qu'elle paraisse, je crains que la situation soit, hélas !, banale. Combien de fois ai-je entendu les témoignages de femmes ou d'hommes à qui on avait ainsi annoncé la nouvelle par téléphone, après un prélèvement ? Mais que faire ? Appeler le patient et lui dire qu'on doit le voir ? Ne pas l'appeler et le laisser dans l'angoisse ? Laisser faire les autres ? Le médecin traitant, qui connaît mieux son patient ? Il n'y a pas de bonne façon d'annoncer une mauvaise nouvelle, même s'il y en a de plus mauvaises que d'autres. Le téléphone n'est certainement pas la meilleure...

Les médecins ne sont pas formés à annoncer le pire. Dès lors, ils n'ont d'autre choix que d'aborder cette question de l'annonce avec humilité. Car il y a autant de manières de faire qu'il y a de médecins, multiplié par le nombre de patients, ce qui nous fait une ribambelle de possibilités. Chacun se comporte en fonction de son expérience, de sa sensibilité, de sa psychologie, lesquelles découlent en partie de ses propres angoisses, de ses rapports avec la maladie, avec la mort. Il n'y a, en matière d'annonce, pas de norme.

Aussi, ne puis-je parler que de ce que je crois. A chaque fois que j'ai eu à annoncer une nouvelle difficile à un malade, à une famille, il m'a fallu « répéter ». Penser à ce que j'allais dire, comment j'allais le dire. Les mots à proscrire, ceux à privilégier… Ce ne sont évidemment jamais les mêmes car on s'exprime en fonction de ce que l'on croit percevoir de la personnalité du patient. J'ai parfois été à la hauteur, parfois pas… Chaque histoire est unique. Il m'arrive, comme à tous les médecins, de « sentir » un cancer. Le patient est là, nous nous voyons pour la première fois et je sens. On parle souvent du flair du gendarme. Il doit y avoir un truc équivalent chez les médecins : ils « sentent », alors que le patient n'est pas encore assis. Une voix, un faciès, comme des vecteurs d'information, comme des signaux d'alerte. Je sens que ça ne sent pas bon… J'interroge. J'examine. Et plus la consultation avance, plus mes doutes se transforment en quasi-certitude. Pourtant, pas question de montrer quoi que ce soit à mon interlocuteur.

Même si je flaire un cancer à 99 %, je considère que seuls les examens complémentaires, les radios, les prélèvements, apporteront le 1 % restant. Alors, je fais semblant… Je fais semblant de ne pas être inquiet tout en incitant le patient à agir. Un drôle de numéro d'équilibriste : il faut jongler avec l'anxiété, la nécessité d'apaiser, le besoin d'obtenir la collaboration du malade…. Ne pas laisser traîner, ne pas trop rassurer, ne pas trop inquiéter : avalanche d'impératifs contradictoires ! Je note la réaction du radiologue de Laurent Fignon :

— Ne crions pas victoire trop tôt, lui a-t-il dit…

Il doutait, c'est évident.

Je ne voudrais pas donner l'impression que le médecin, quand survient la mauvaise nouvelle, est aussi désemparé que le malade. Ce serait lui faire d'autant plus injure qu'il sait, en tant que professionnel de santé, que 60 % des cancers se soldent aujourd'hui par une guérison.

Le patient, lui, est assommé. A l'instant précis où il entend le mot cancer, il devient sourd ; sidéré, il n'entend plus rien. Pour lui, cancer est synonyme de mort, point final. Parfois, il pose des questions. Le médecin s'efforcera d'y répondre avec une prudence de sioux car il sait que la seule chose à faire, c'est attendre… Attendre plusieurs jours, attendre la prochaine consultation lors de laquelle il pourra, peut-être, se prononcer sur les chances de survie. Dans ce contexte, l'accompagnement psychologique n'est pas un luxe. D'ailleurs, les services de cancérologie se donnent les moyens de le dispenser. Quant aux autres… Les autres ? Le médecin lambda… Dans la solitude de son cabinet, dans l'exiguïté de son box à l'hôpital, seul face aux patients, il se débrouille avec son savoir-faire, ses maladresses aussi… Parfois même, son envie de pleurer…

Naissance d'un « trouple »

Il faudrait essayer d'être heureux,
ne serait-ce que pour donner l'exemple.

Jacques PRÉVERT

Au temps de leur splendeur, Simone de Beauvoir et Jean-Paul Sartre avaient inventé le couple à trois, ce fameux « trouple » avec, dans le rôle du troisième larron, une larronnesse. Belle et capricieuse jeune femme d'origine russe, Olga Kosakiewicz devint l'incontournable tourment du Castor et du Kobra. Elle était à l'origine d'incessantes disputes et leur vola sans doute un peu de ce bonheur simple que constitue la vie à deux. Mais au moins l'avaient-ils choisi, leur mode de vie ! Au moins pouvaient-ils lui parler, l'engueuler, la raisonner, la Olga !

Nous aussi, avec Laurent, nous vivons en « trouple ». Il y a lui. Il y a moi. Et il y a ce calamiteux cancer qui s'est invité dans notre vie. Son nom résonne dans notre tête, jour et nuit. Il nous harcèle en silence et en permanence. Il nous empêche de nous endormir et quand, par épuisement, la magie opère, il nous réveille avec violence.

Il y a pire que le malheur : le malheur invisible, le malheur impalpable. La sournoiserie du cancer nous déstabilise d'autant plus que Laurent paraît en forme. Je le regarde, je regarde mon homme : il a un cancer et respire la santé ! N'étaient ces foutus ganglions dont seuls les initiés savent l'existence… Pour nous, la maladie, à ce stade, se matérialise par une lettre datée du 18 avril 2009, adressée au service de chirurgie digestive générale et cancérologique d'un grand hôpital, avec le médecin traitant de Laurent en copie. Il y est relaté la conversation téléphonique qui nous a bouleversés alors que nous étions sur l'autoroute. Extrait : *J'ai indiqué à Laurent Fignon au téléphone qu'une fois le diagnostic confirmé, il faudrait rechercher le point de départ. Je ne lui ai pas caché qu'il s'agissait très vraisemblablement d'une métastase d'un cancer. (…) Comme vous le verrez, c'est un homme très sympathique et battant.*

En attendant, en ce mois de juin 2009, Laurent prépare le Tour de France. Il doit en prendre le départ dans quelques semaines en tant que consultant pour France Télévisions et Europe 1. Cette perspective le booste : il parle volontiers de « ce petit cancer qu'on va soigner vite fait bien fait ». Laurent affiche un optimisme auquel j'ai du mal à adhérer. En mon for intérieur, j'ai la conviction qu'il évalue mal la gravité de la situation. Mais lorsque je lui fais part de mes inquiétudes, il les balaie d'une formule. Les ganglions ? On va les retirer ! La chimio ? Quelques séances suffiront ! Vite fait, bien fait… Vite dit, surtout : à l'évocation d'une opération, les médecins restent évasifs. D'ailleurs, ils peinent à trouver l'origine de la maladie. Ils pensent à un cancer digestif mais ne sont sûrs de rien. Peut-être, peut-être pas… Laurent voudrait plus de clarté, ne serait-ce que pour décider de l'attitude à adopter envers ses employeurs. Faut-il leur en parler ? Si oui, de quelle façon ? Faut-il prendre le risque d'être éloigné des micros ? Le corps médical met fin à nos interrogations : Laurent doit suivre quelques séances de chimio dès le mois de juillet, donc pendant le Tour de France. Impossible de le faire en catimini : Thierry Clopeau, son interlocuteur à Europe 1, et Daniel Bilalian, le patron des Sports à France Télévisions, sont mis au parfum. Laurent leur demande de garder le secret, ce qu'ils feront.

La fuite viendra d'ailleurs et elle va tout précipiter. C'est Lance Armstrong qui fait office de starter en s'épanchant sur Twitter : *J'envoie mes meilleurs vœux à Laurent Fignon chez qui on a diagnostiqué un cancer, un ami, un grand homme et une légende du cyclisme.*

Une phrase, une simple phrase, néanmoins suffisante pour déclencher un tsunami médiatique. Car le bruit avait couru que Laurent avait de petits problèmes de santé ; le mot cancer, sans que l'on sache qui l'avait lancé, avait filtré, renforçant la rumeur. Laurent a-t-il trop parlé ? A-t-il présumé de la capacité de quelques très proches à conserver le silence ? On est vraiment maître que de ce que l'on ne dit pas. Lance dira qu'il pensait que Laurent avait annoncé les choses officiellement.

— Je voulais juste apporter mon soutien, se justifiera-t-il.

La bienveillance de l'Américain envers Laurent remonte à ses jeunes années, alors qu'il n'était qu'un coureur sans titre majeur, quasi anonyme parmi les anonymes du peloton. Tout s'est noué à 1996, à Paris. Armstrong venait d'être opéré du cerveau. Malade du cancer, amaigri, chauve, il sortait d'une conférence de presse au cours de laquelle il avait annoncé qu'il mettait sa carrière entre parenthèses. Parenthèses ? Un doux euphémisme pour beaucoup, à commencer par les médecins qui réservaient leur pronostic vital... Armstrong devait prendre l'avion du lendemain pour regagner les Etats-Unis. Après la conférence, il s'était retrouvé seul dans son hôtel à Roissy. Laurent, dont la carrière était terminée mais qui suivait toujours l'actualité du cyclisme, l'avait alors convié à dîner chez lui. L'Américain lui en avait voué une reconnaissance éternelle.

— C'est le seul Français chez qui j'ai été invité à dîner, disait-il de Laurent qui, lui, avait conservé un souvenir ému de cette soirée, tant il était convaincu de partager le couvert avec un homme en sursis, un sportif qu'il voyait, pensait-il, pour la dernière fois...

Depuis, les deux hommes ne s'étaient plus revus, Laurent se contentant de suivre de loin en loin la carrière de Lance, dont le twitt, bien gentil, a donc créé l'embarras... Désormais, la meute nous piste. Laurent ne peut plus se dérober. Il doit parler. Par centaines, les micros se tendent. Notre seule liberté : en choisir un. Ça ne sera pas compliqué.

Car Laurent entretient d'excellentes relations avec Thierry Clopeau, le patron d'Europe 1 Sports. C'est Thierry qui, quelques années plus tôt, lui a ouvert les portes de la télévision où il officiait alors. C'est également Thierry qui lui a fait découvrir la radio où, quatre soirs par semaine, de 21 à 22 heures, Laurent coanime une émission sur l'actualité sportive. Il adore l'exercice, se prend volontiers au jeu des échanges musclés qui, parfois, président aux débats. Mettez quelques ex-gloires du sport professionnel et quelques polémistes autour d'une table, mélangez le tout, donnez-leur un sujet clivant et incitez-les à se lâcher, vous verrez, ça marche à tous les coups ! Le choix d'Europe 1 s'impose donc à Laurent, désormais décidé à parler : puisque l'info nous échappe, feignons d'en être l'émetteur ! A la demande de la présidence de la station qui souhaite valoriser la matinale, Laurent accorde sa première réaction à Marc-Olivier Fogiel, l'*anchorman* des matins d'Europe 1. Le soir même, il rempile dans l'émission sportive que présente Thierry Clopeau, auquel il confirme que, face au cancer, il n'imagine d'autre issue que la victoire.

Laurent a parlé. Son cancer tourne maintenant en boucle sur les chaînes de télé et de radio. Dès lors, tout nous échappe. De surcroît, difficile d'en rester là car la parole de Laurent filtre dans un contexte particulier : celui de la promotion de son autobiographie pour laquelle, quelques jours auparavant, il a commencé à défiler sur les plateaux et à enchaîner les interviews. D'ailleurs, se profile un journaliste du *Parisien*. C'est son tour, c'était prévu… Laurent lui parle donc longuement de son livre mais on sent bien que le journaliste – après tout, il fait son métier – n'a qu'une chose en tête : le twitt d'Armstrong. La question ne manque pas. Laurent fait court : oui j'ai un cancer, oui je vais le combattre, oui je vais faire le Tour de France, oui les médecins vont adapter mon traitement en fonction des étapes de la course…

Le lendemain, Laurent et moi nous apprêtons à prendre la route de l'Alsace où nous avons décidé d'aller nous reposer pendant quatre jours. Il est prévu de se poser à Kaysersberg pour en apprécier le cachet médiéval puis de visiter la célébrissime ancienne cité romaine de Riquewihr. Mais d'abord, acheter le journal.

— Vas-y à ma place, me dit Laurent. Je n'ai pas envie qu'on commence à me poser des questions…

Etrange impression que d'avoir sous les yeux, imprimées noir sur blanc, les confessions de Laurent. Le journal est posé entre nous : tête contre tête, nous lisons. En silence. Laurent a freiné, ralenti, puis carrément stoppé la voiture le long du trottoir. Notre secret s'étale sur plusieurs colonnes. Et si nous doutons encore que quelque chose ait pu nous échapper, nos téléphones portables ne vont pas tarder à nous le rappeler.

Ils sonnent. Sans arrêt. Laurent finit par éteindre le sien. Je mets le mien sur silencieux, mais je vois bien la petite lumière qui annonce une tentative d'appel ou l'arrivée d'un SMS. Et encore un appel, et encore un SMS… Ce n'est plus un portable, c'est un gyrophare ! En une heure, ma boîte vocale est saturée. France Télévisions cherche par tous les moyens à joindre Laurent. Il conduit. Il n'a pas envie de répondre. Il n'a jamais imaginé que l'officialisation de son cancer ferait un tel raffut. Je le sens embarrassé et quand il est embarrassé, il a le verbe chiche. La radio, la télé, les journaux, des journalistes, des amis, des journalistes-amis, tout le monde a quelque chose à nous dire, une réaction à nous demander. Mais nous refusons d'être dans l'œil du cyclone médiatique. Nous préférons être l'œil du cyclone… Bien au calme, bien au chaud dans la voiture, nous filons vers l'est et ce petit restaurant gastronomique où nous avons réservé une table, cependant que se déploie une agitation insensée. J'éteins moi aussi mon téléphone.

Mais du côté de France Télévisions, ça barde. Daniel Bilalian ne décolère pas.

Quoi ? Laurent révèle son cancer ?

Quoi ? Il parle à la concurrence ?

Quoi ? Je garde un secret et je le retrouve partout à la une ?

Trahison ! Tu n'as pas le choix Laurent ! Tu es le consultant vedette de France Télévisions, je te veux en direct dans Stade 2 dimanche !

Dimanche ? On est vendredi. Le week-end de quatre jours est mal barré… Et Laurent a d'autant moins le choix qu'il a préalablement enregistré une interview avec TF1, que Bilalian le sait, que l'interview doit être diffusée le fameux dimanche dans l'émission Sept à Huit qui, comme son nom le suggère, commence à 19 heures. Juste après Stade 2… Donc ce sera Stade 2 d'abord, Sept à Huit ensuite ! Foire à l'exclu, concurrence exacerbée : nous avons échappé à l'œil du cyclone médiatique mais nous voilà pris entre deux feux, en pleine guerre des chaînes.

En fait, une fois le coup parti grâce aux bons offices de Lance Armstrong, Laurent n'a plus rien maîtrisé et a laissé faire. On ne lutte pas contre un emballement. Laurent en sait quelque chose. Les médias, il connaît… Double vainqueur du Tour de France (1983 et 1984), vainqueur du Tour d'Italie (1989),

Laurent a en maintes occasions goûté les excès de la presse. Il sait que quand elle tient une affaire, elle ne lâche rien. Il sait aussi qu'une histoire chasse l'autre.

— Tu vas voir Val, ils vont s'exciter avec ça pendant deux jours et l'incendie va s'éteindre aussi vite qu'il s'est allumé, me dit-il.

Laurent est sincèrement stupéfait de refaire la une des journaux, plus de vingt ans après ses grandes victoires.

— Mais ils sont malades d'ouvrir le 20 heures avec moi ! Ils n'ont donc rien de plus intéressant à raconter ?

Apparemment non, me disais-je, à la fois fière que mon mari suscite semblable intérêt, et horrifiée de voir ainsi étalée au grand jour notre douleur, comme un avant-goût de ce qui surviendrait si par malheur Laurent venait à disparaître… Je nous revois dans notre chambre d'hôtel, moi allongée, lui assis au bord du lit, la tête penchée vers la télé, les coudes posés sur les genoux écartés, ahuri de voir défiler sa carrière sportive. Des rétros en veux-tu en voilà et, au moment du générique, ces mots de Laurent que j'accueille avec un sourire triste :

— Ben dis donc, ma nécro est prête…

Ce soir-là, la télé s'est voulue exhaustive : elle a tout dit, y compris des âneries. Ainsi, certains ont cru judicieux de faire l'amalgame entre la maladie et l'autobiographie :

— Il parle de son cancer dans son livre !

Faux. Archifaux. Ont-ils lu le livre, au moins ? Evidemment non. Ils auraient su qu'il n'en était rien. La source de l'info était pourtant là… Agacement.

J'avais rêvé de quelques jours de quiétude dans les jolis villages alsaciens. J'avais rêvé de promenades amoureuses à l'ombre des maisons à colombages. J'avais rêvé de contempler le vol des cigognes, de savourer les façades aux couleurs de bonbons anglais, peut-être même de me laisser tenter par le verre de trop sur la route des vins d'Alsace… Mais la journée a viré au cauchemar et au premier soir de notre escapade, je ne suis ivre que de fatigue. Quel gâchis ! Jamais restaurant étoilé ne m'a paru manquer à ce point de saveur, jamais cadre enchanteur ne m'a paru à ce point glauque, jamais gentillesse de serveur ne m'a paru voisiner autant avec ce qui ressemble à de la pitié. Elle était pourtant réelle cette gentillesse : le serveur avait reconnu Laurent, lui avait dit qu'il avait lu le journal, lui avait timidement tapoté l'épaule, lui avait souhaité bon courage…

La nuit sera à l'avenant. Cette médiatisation outrancière m'est d'autant plus intolérable qu'elle me rappelle en permanence que Laurent est malade. Nous avons été mis à nu sur la place publique, aucun retour en arrière n'est envisageable, nous sommes prisonniers d'un mouvement dont il est impossible de savoir sur quoi il va déboucher. C'est à tout cela que je pense avant de m'endormir contre Laurent. Le livre, le cancer, les fuites… Il y a eu ce que les communicants appellent un carambolage. Nous n'avons pu qu'y assister, impuissants. Et blessés aussi… Car certains ont cru utile d'imaginer que l'annonce de la maladie relevait d'un calcul savant destiné à doper les ventes de l'autobiographie de Laurent. Envie de gerber. Mais pas de risque, je n'ai rien mangé.

*

Michel Cymes : « Le patient doit pouvoir choisir sa communication. »

Il y a, à l'origine des tourments de Valérie et de Laurent, une faute stupide. A moins, et ce serait pitoyable, qu'il s'agisse de la volonté cruelle d'un homme de se mettre en avant. Je veux croire que non. Toujours est-il que le twitt de Lance Armstrong a déclenché le raz-de-marée que l'on sait… Evidemment, il est illusoire d'imaginer que l'annonce publique de la maladie d'un des sportifs les plus populaires de notre pays puisse se faire sans effervescence. Mais il est révoltant de constater à quel point Laurent Fignon a subi la médiatisation de son cancer. Le patient, quel que soit son profil, doit pouvoir maîtriser sa communication, qu'elle s'adresse au grand public ou à ses proches.

Voilà pourquoi le médecin que je suis préfère, lors de l'annonce d'un cancer, être en tête à tête avec le patient. Gérer son émotion demande des trésors de délicatesse. Il importe de trouver des mots adaptés à ce que l'on croit percevoir ou connaître de sa personnalité car au fil des consultations, on apprend à connaître l'autre.

Imaginons qu'un patient, fumeur, vienne me voir parce qu'il a la voix cassée et qu'après examen clinique, je lui annonce qu'il a « quelque chose » sur la corde vocale.

Si le patient réagit mal, je lui annonce – ce qui est vrai – que l'on doit vérifier ce dont il s'agit. Si, à l'inverse, le patient réagit avec assurance – « Vous pensez à un cancer, Docteur ? » –, je peux me risquer à lui dire que quand un fumeur a « quelque chose » sur une corde vocale, cela peut être bénin mais cela peut cacher quelque chose de plus sérieux. J'évite d'employer le mot cancer : je préfère parler de « tumeur » ou de « cellules malignes »... Mais aucun terme n'est tabou. D'ailleurs, dans le cas de la plupart des cancers de la thyroïde où il suffit d'enlever la tumeur à temps, il arrive que je m'autorise à lâcher le mot « cancer » car je sais que la guérison est assurée.

Donc, face au patient, les mots, c'est de la TNT. Et le discours, du sur-mesure... Cependant, en marge des considérations déontologiques liées au secret médical, je ne peux refuser qu'une tierce personne soit présente à la consultation. Chaque patient doit le savoir : ce choix relève de lui et de lui seul. Aucun médecin ne peut s'y opposer même si, à mon sens, la présence d'un accompagnant complique la relation avec le malade. Il m'est arrivé d'annoncer un cancer à un patient qui, sur le coup, semblait « encaisser » la chose avec un sang-froid et un courage qui forçaient l'admiration mais étaient aussitôt fragilisés par la réaction du conjoint qui, simultanément, fondait en larmes. A quoi sert-il, dans ces conditions, de choisir des mots dont on sait qu'ils conviennent à l'un mais pas à l'autre ?

En matière de cancer, je reste convaincu que la communication doit être ciblée. Le médecin cible son patient, lequel cible ses proches et le fait toujours avec angoisse car, encore une fois, nul ne peut se targuer de connaître la bonne manière d'annoncer une telle nouvelle. Dans le cas de Laurent Fignon, l'angoisse est sans doute décuplée par les interrogations des médecins sur l'origine du cancer. N'a-t-on pas plus de chances de s'en tirer quand on connaît l'ennemi ?

Après, il y a ceux auxquels on peut dire, et les autres...

Le conjoint est souvent mis dans la confidence. Il doit respecter le choix du malade, que ce dernier ait opté pour la discrétion ou la transparence. Interdiction lui est faite de s'effondrer devant lui. Etre fort pour deux, telle doit être son obsession.

Les enfants... Comment vont-ils réagir ? A l'évidence, leur âge peut aider à se déterminer.

Les amis... Vont-ils prendre leurs distances ainsi que le suggèrent nombre de témoignages ? Le cancer a ceci de particulier qu'il n'est pas contagieux mais provoque des comportements qui font penser le contraire, sans doute parce que chacun d'entre nous veut éviter de côtoyer une maladie redoutée de tous...

Et les collègues... Leur comportement changera-t-il ? Continueront-ils à me souhaiter un bon week-end ? Ou auront-ils l'épuisante politesse de s'enquérir en permanence de mon état de santé ? Ou la maladresse de s'inquiéter de ma calvitie naissante ?

Toutes ces questions méritent attention et l'on ne peut y répondre avec pertinence qu'après s'être interrogé sur ses interlocuteurs et... sur soi-même ! Certains malades sont à l'aise dans le secret, surtout si le traitement ne laisse pas de traces. Ils s'inventent un petit problème de santé nécessitant une intervention chirurgicale et s'en tiennent à cela. Pas de détails, pas de questions… A l'inverse, d'autres ne cachent rien, parfois même crient leur maladie. On n'est jamais à l'abri de réactions pour le moins étonnantes : j'ai croisé des patients qui auraient volontiers revêtu un tee-shirt « J'ai un cancer » ! Au nom de l'envie d'exister davantage aux yeux de leur entourage ? Par besoin d'attirer l'attention d'une épouse ou d'enfants qui se seraient progressivement éloignés ? Dans l'espoir de devenir un centre d'intérêt ? Tout est imaginable, tout est respectable.

Laurent Fignon, lui, n'a pas eu le temps de se poser toutes ces questions. Sa notoriété l'a privé du plus élémentaire des droits : celui de choisir. Et le système médiatique l'a essoré avant même qu'il ait eu le temps de réfléchir à la bonne attitude à adopter. Je connais la rengaine qui, pour certains journalistes, consiste à seriner qu'un personnage public ne s'appartient plus complètement et que les médias ont le droit de tout dire à partir du moment où le personnage en question a parlé de sa vie privée. Pour justifier la publication du dossier médical de Johnny Hallyday après son hospitalisation aux Etats-Unis, on nous a savamment expliqué que le secret médical, c'était pour les médecins, pas pour les journalistes !

A ceux qui tiennent ce discours, j'ai souvent eu envie de répondre que si, pour leur malheur, ils venaient à ma consultation et que j'avais à leur annoncer un cancer, je me ferais un devoir d'envoyer un mail à tous leurs confrères pour rendre le diagnostic public… Simples paroles : je ne le ferais évidemment pas, parce que je suis médecin et que la déontologie me l'interdit.

Et encore, ce qui s'est passé avec Johnny reste-t-il en deçà de ce dont la presse est capable : la mort de Jean-Luc Delarue nous a en effet montré jusqu'où pouvait aller l'insupportable, puisque l'on a découvert à cette occasion qu'il était possible pour certains médias de s'approprier l'après-cancer d'une personnalité, au mépris du deuil de la famille… L'après-cancer, vous imaginez ? Ça laisse songeur…

La vie quotidienne au temps du cancer

La maladie vient à cheval, elle s'en retourne à pied.
Proverbe guadeloupéen

Le cancer est un salaud. Il vous prend en traître, ce qui lui donne toujours un coup d'avance. Invisible, il commence par attaquer votre organisme sans que vous en ayez conscience. Une fois que vous avez compris ce qui vous arrive, il vous ronge l'esprit. Le temps de verbaliser les choses et voilà qu'il mine votre entourage, fût-il éminemment costaud. Et quand les médias s'en mêlent, l'affaire prend des proportions exponentielles au point de vous pourrir la vie. Car s'il n'y a pas forcément une vie après le cancer, il y en a une pendant… Et croyez-moi, j'ai vite compris qu'elle allait être pesante.

Retour au boulot.

A l'époque, je travaille au siège du groupe Point P, filiale de Saint-Gobain. A peine franchi le hall d'accueil où les 300 personnes qui travaillent ici circulent en permanence, je sens des dizaines de paires d'yeux se poser sur moi. Visiblement, tout le monde a la télé… Qu'ils soient tristes, compatissants, francs ou fuyants, ces regards me confirment, au cas où je serais tentée de l'oublier, que si je suis la femme de Laurent, Fignon, lui, m'a échappé. En tout cas, je dois le partager avec toutes celles et tous ceux auxquels il inspire une émotion, quelque chose d'enfoui dans le souvenir de ses prouesses de champion. Il m'est arrivé de sentir que les gens mettaient une forme de distance entre eux et moi, par timidité ou par respect pour ce que Laurent représentait. La révélation de son cancer a le don d'inverser cette tendance : intouchable hier, accessible aujourd'hui. La maladie le rend familier, l'humanise, et me voilà transformée en réceptacle de toutes les questions, qu'elles soient clairement posées – Comment va Laurent ? – ou maladroitement éludées – C'est à cause du dopage ?

Ah ! Je la sens planer cette question. Je vois bien qu'elle est centrale. Mais je ne dispose à l'époque d'aucun élément de réponse fiable. D'ailleurs, quand bien même en aurais-je, je me vois mal entamer une discussion sur le sujet. Alors, je rase les murs, regarde le bout de mes chaussures et presse le pas, comme en apnée, le temps de retrouver Anne, Carine et Maryline, les bonnes copines.

A quatre, nous avons pris l'habitude de courir. Deux fois par semaine, nous sillonnons le parc des Buttes-Chaumont. C'est un endroit au relief tourmenté, dont nous connaissons les formes et les moindres recoins, l'endroit idéal pour abriter nos petites discussions de femmes et vider notre sac. Car le cancer arrose large… Carine est concernée : elle accompagne sa maman en fin de vie. Maryline aussi : elle vient de perdre son beau-père. Anne, respectueuse, écoute en silence… Ces séances de footing coïncident avec les rares moments où nous pouvons dire des horreurs, froidement, le souffle court et le cœur battant. On en appelle aux statistiques : il paraît qu'une personne sur trois guérit du cancer. Nous sommes trois à être concernées, donc ce serait bien que Laurent soit l'heureux élu : il n'a pas cinquante ans…

Si tant est que l'on puisse être rassérénée en pareilles circonstances, je redécouvre les vertus apaisantes de la pratique sportive, au point de redoubler d'efforts et d'envie. Ma course n'a rien d'une fuite. J'y dilue mon tourment et y trouve les ressources nécessaires pour faire face au défi de la maladie. L'amitié des filles m'aide. Nous évoquons la personnalité de Laurent dont Carine et Maryline connaissent le degré d'exigence, depuis qu'elles se sont lancées avec moi dans l'aventure du Raid Amazones, une épreuve sportive exclusivement féminine qui combine pendant six jours le VTT, le trekking et le canoë. Elles n'oublient pas que Laurent leur a servi de coach et qu'il n'a pas pris les choses à la légère. Je revois la scène… Nous voilà toutes pimpantes dans la forêt de Fontainebleau, avec nos cuissards assortis à nos chaussettes, le jour du premier entraînement. Laurent nous demande de pédaler. Il observe notre façon de faire. Sur le plat, dans les côtes et dans les descentes. Pas un mot, juste un sourire limite moqueur : aucune de nous trois n'est sur le bon plateau ou le bon pignon ! Après nous avoir expliqué les subtilités du changement de vitesse, Laurent lance véritablement la séance : faire et refaire des côtes, pédaler dans le sable, descendre à fond la caisse sans poser les pieds par terre, traverser des ruisseaux, porter les vélos au pas de course, il nous aura tout fait faire. Je me rappelle Carine, complètement terrorisée dans une descente, le regard noyé de larmes. Et Laurent ne voyait pas où était le problème. Ainsi était-il, dans l'exigence, la performance, la volonté de progresser. Et il ne fallait pas attendre de compliments de la part du coach. En revanche, l'engueulade était à peu près assurée ! Au soir de l'épreuve de VTT, alors que je téléphonais à Laurent de l'île de La Réunion, nous y eûmes d'ailleurs droit :

— Putain, mais qu'est-ce que vous avez foutu ? C'est quoi ce classement ? éructait-il.

— Ben tu comprends, on était bien parties et puis Maryline a crevé deux fois de suite et on a perdu vingt minutes…

— D'abord, on met pas vingt minutes pour changer une roue ! Je vous avais pourtant montré comment ça se répare, une roue…

Oui, il nous avait montré. Non, nous n'avions pas écouté !

J'étais en larmes, vexée. Laurent était déçu. Notre défaite, c'était un peu la sienne et il n'en supportait pas l'idée. Pour lui, se fixer un objectif, c'était forcément l'atteindre et nous avions failli.

Pour Laurent, chaque individu est comptable de ce qui lui arrive. Il raisonne en solitaire et c'est donc en solitaire qu'il s'imagine affronter la maladie. Dès lors, le fait de travailler à la maison lui convient : ça lui évite d'avoir à se coltiner les regards interrogateurs et les formules de circonstance, tout en lui permettant de choisir ses visiteurs… Car comme tous les grands solitaires qui croisent beaucoup de monde, Laurent ne se livre qu'à un cercle ultrarestreint d'amis. Alain Gallopin, Vincent Barteau et Alain Bondue, sa petite famille d'anciens coureurs le rattachant à sa discipline, sont de ceux-là. Et les liens qui les unissent sont d'autant plus forts que Laurent, en raison de son statut de champion, a été habitué à vivre à l'écart des autres.

— Quand on est leader dans une équipe, on n'a que peu d'amis, on ne copine pas comme les équipiers entre eux, les autres font preuve de retenue envers toi, tu es seul, aimait-il à dire en se remémorant ses années de gloire.

Avec Vincent et les deux Alain, pas de faux-semblants, pas de retenue, pas de chichis : une amitié indestructible. Vincent, c'est l'ex-équipier, le beau gosse, blagueur permanent, compagnon des virées de jeunesse. Alain Bondue, c'est le pote pistard, multiple champion de France de la discipline. Rien ne saurait mieux résumer la simplicité et l'authenticité de leur relation que l'évocation de ces week-ends dans le Nord, chez Alain, auquel Laurent rendait souvent visite lorsqu'ils étaient tous deux jeunes coureurs. Dans le petit appartement, Alain faisait la cuisine pour deux et dans la cour de l'immeuble, Laurent lui nettoyait son vélo. D'ailleurs, un jour, une voisine, tombant des nues, a pris Alain Bondue à part :

— Dites donc, je rêve ou c'est bien Laurent Fignon qui lave votre vélo ?

Quant à l'autre Alain, Gallopin, Gallo pour les intimes, c'est l'ami de trente ans. La première fois qu'ils se sont croisés, c'était en 1979, à l'occasion du Tour de Seine-et-Marne.

— Moi je courais dans l'équipe la plus costaud du peloton, on maîtrisait, aime à raconter Alain. Et le dernier jour, on voit un mec blond, un jeune, qui part tout seul. On se dit : mais c'est qui ce mec ? D'où il sort ? Il nous a mis 100 bornes ! Une échappée incroyable ! Il a fallu s'y mettre à plusieurs pour aller le chercher et on l'a rattrapé in extremis.

Alain et Laurent se retrouvent l'année suivante au Bataillon de Joinville où les espoirs du sport français effectuent leur service militaire. Ils ne se quitteront plus. Et lorsque Alain, victime d'un accident, met fin à sa carrière sportive et entame des études de kinésithérapie, Laurent prend date :

— Quand tu seras kiné, reviens me voir !

Il deviendra kiné, reviendra et massera Laurent jusqu'à la fin de sa carrière.

Vincent et les deux Alain… Ces trois-là peuvent entrer sans frapper. Laurent tolère leur présence, accepte leurs visites, surtout lorsqu'elles sont inopinées. Gallo avait pris l'habitude de s'imposer et il avait raison car s'il avait pris la peine de prévenir à chaque fois qu'il voulait passer une tête, Laurent lui aurait expliqué – comme à tant d'autres – qu'il était fatigué, dormait beaucoup et préférait rester seul. Combien de fois a-t-il servi cette demi-fable ? Combien de fois l'ai-je moi-même récitée ? J'étais devenue la standardiste personnelle de mon mari, sorte de machine à faire barrage pour protéger le besoin de solitude de Laurent, en réponse à l'invariable question qui résonnait à mes oreilles avant même d'avoir été énoncée :

— Bonjour Valérie, comment va Laurent ?

Je n'existais plus qu'à travers lui, je ne parlais que de lui, de sa maladie, de ses examens. Quoi que je fasse, quoi que je dise, ça tournait autour de Laurent. Son cancer m'obnubilait et, naturellement, je m'étais mise entre parenthèses, je ne m'occupais plus de ma petite personne. Il me paraissait sinon incongru, du moins superflu de me maquiller, de m'épiler. Il pouvait m'arriver, ce qui est contraire à mes habitudes, de porter les mêmes vêtements d'un jour sur l'autre. Tout me paraissait futile à côté de ce cancer. J'avais l'impression de passer mes journées au téléphone pour répéter en boucle les mêmes choses. J'étais devenue la guichetière des gens inquiets et cet exercice, répétitif et vain, m'épuisait. Le soir, je n'avais envie de rien, sinon de me coller contre Laurent devant la télé. Je n'éprouvais même pas de frustration, je n'en avais pas la force et quand bien même je l'aurais eue, qu'auraient représenté mes petits états d'âme à l'aune de ce qui menaçait Laurent ? Les rares moments où je pensais à moi, c'était pendant les séances de massage que, deux fois par mois, je m'offrais. Et encore, j'y allais convaincue que c'était le meilleur moyen de décompresser afin d'être le plus en forme possible une fois revenue auprès de Laurent, au service de Laurent. Voilà, c'est ça, je m'étais mise au service de Laurent et m'empressais de répondre à ses besoins. Aurais-je dû agir autrement ? Faire défiler les amis à la maison ? Je ne sais. Il m'arrivait de transgresser la règle, de décider sur un coup de tête, à l'heure du déjeuner, de débarquer à l'improviste à la maison avec une paire d'amis, pour une demi-heure.

Une petite demi-heure volée au cancer, volée à sa solitude. Un jour, nous le trouvâmes assis dans la pénombre. Il lisait *L'Equipe* sur un coin de table. Il nous regarda avec de grands yeux tristes et surpris. Je crois qu'au fond de lui, il était content. Une petite demi-heure volée à la fatalité. Une petite demi-heure volée au chagrin parce que Laurent m'avoua un jour qu'il lui arrivait de pleurer. J'en fus secrètement bouleversée car tout au long de notre vie commune, je n'avais vu des larmes perler sur ses joues qu'à trois reprises, et encore, je ne vous parle là que de larmes de bonheur ou d'émotion, de ces larmes que l'on verse avec gêne devant un programme de téléréalité, de ces larmes qui peuvent monter au son de *La Marseillaise* lors d'une finale de rugby, et de ces larmes qu'on peine à contenir le jour de son mariage. Oui ! Il avait pleuré lorsque Monsieur le Maire de Bagnères-de-Bigorre, Roland Castel, nous avait mariés. Laurent était un homme, un vrai, un de ces mecs qui peuvent s'autoriser quelques larmes futiles parce qu'ils sont par ailleurs solides, batailleurs, courageux.

S'il faut aujourd'hui rapporter un témoignage de ce courage, il est tout entier contenu dans cette phrase :

— Je n'ai pas peur de mourir, j'ai eu une belle vie, je n'en ai juste pas envie…

On ne saurait faire plus soft…

En attendant, le chemin, sans que l'on sache encore où il mène, passe par l'hôpital où Laurent se livre à une batterie d'examens approfondis, invariablement douloureux et angoissants. Il redoute particulièrement les IRM parce qu'on lui impose de s'allonger sur un lit très dur, avec interdiction de bouger pendant les prises de vues alors que ses ganglions lui font souffrir le martyre. Mais jamais il ne se plaint. Il endure une fibroscopie sans anesthésie générale, ce qui se traduit pour lui par une profonde sensation d'étouffement. Il enchaîne avec une biopsie, avant que se profile une coloscopie. C'est poétique la coloscopie. Il faut s'y préparer. L'équipe de nuit de l'hôpital bourre Laurent de laxatifs de manière à ce qu'il se vide et que place nette soit faite dans le côlon qu'ira visiter une sonde introduite par l'anus, je vous le répète, c'est poétique… Parfois même, c'est théorique : car au matin, l'équipe de jour nous apprend qu'il n'y aura finalement pas de coloscopie ! Motif ? Elle n'était pas au courant ! Laurent n'en croit pas ses oreilles. J'enrage. Les médecins nous font comprendre qu'ils en ont vu d'autres. Nous aussi, nous en verrons d'autres…

Et jamais il ne se plaint…

Un jour, au psychologue venu le voir pour lui demander s'il a besoin de ses services, Laurent répond :

— Moi non, mais ma femme oui.

Il a pris la carte du psy et me l'a donnée.

Ainsi était Laurent : il était inconcevable qu'il ne se montrât pas à son avantage. Qu'une difficulté se présente, il la prenait pour un défi. Et si d'aventure il se sentait pris au piège, il pouvait le vivre très mal et se montrer désagréable. J'ai en mémoire notre expédition dans les Alpes pour y faire la vallée Blanche en compagnie d'un groupe de copains. Nous partons de Courmayeur, en Italie, à bord d'un minuscule téléphérique haut perché sur la montagne. Seulement voilà : mon champion a le vertige ! Il transpire déjà, je vois bien qu'il prend sur lui : il se cale au milieu du groupe, et regarde le bout de ses chaussures de ski quand il ne ferme pas les yeux. Tout le monde a bien compris que ce n'est pas le moment de plaisanter et celui qui a cru bon de sauter dans la cabine l'a fait une fois, pas deux ! Au terme de la montée, effectuée dans un silence quasi religieux, nous attend un télésiège qui grimpe, grimpe, n'en finit plus de grimper, dépasse une crête montagneuse et plonge vertigineusement avant de remonter. Laurent bout. Je le devine dans une rage folle et muette. Sur le siège, il est recroquevillé sur son voisin. Tout le monde a remarqué qu'il n'était pas à son avantage et ça l'a détruit. Déstabilisé, il a fait du chasse-neige toute la journée !

Les séjours à l'hôpital se multiplient. Laurent y emmène toujours son petit sac en cuir marron qu'il réservait jusque-là à nos week-ends en amoureux. Il y case un livre, un slip, un tee-shirt et sa trousse de toilette. Parfois, je l'accompagne. Et même si l'inquiétude ne nous quitte jamais, nous parvenons à la contenir, le temps d'un fou rire. Car il arrive que Laurent « fasse son Dujardin », c'est-à-dire qu'il se balade dans les couloirs de l'hôpital, à petits pas rapides, avec sa blouse de patient ouverte sur ses fesses nues avec sa perfusion. Ce faisant, il rejoue avec brio une scène culte de *OSS 117*, film qui nous a amusés, surtout quand Jean Dujardin se baladait cul nu !

Quinze mois de maladie… Quinze mois vécus au rythme de rendez-vous médicaux qui revenaient à échéance régulière. Un cycle de trois semaines… La première, chimio. La deuxième, Laurent est *out*. La troisième, c'est celle où nous casons les miettes de vie que nous laisse la maladie. Curieuse impression que celle de vivre le tiers de sa vie, d'être sans cesse à cours de temps, de devoir profiter dans l'urgence. De quoi vous mettre les nerfs en boule à la moindre contrariété, ce qui ne manqua pas le jour où Laurent annula au dernier moment une sortie prévue de longue date. J'explosai :

— J'en ai ras-le-bol de ta maladie de merde ! Moi, je sors ! Je n'en peux plus de rester cloîtrée à la maison, tu n'as qu'à dormir, je me tire !

Une violence inouïe, inhabituelle chez moi. Le soir, je m'excusai. Nuit de tendresse.

La question de ma présence sur place se posait à chaque fois que Laurent devait passer par la case hôpital. Y aller ou pas ? Tout dépendait de la nature du rendez-vous. S'il était important, j'accompagnais Laurent. S'il était de routine, je le séchais volontiers. Laurent m'y aidait en affichant sa force, en revendiquant son indépendance et en exprimant sa confiance en l'avenir.

— C'est bon, je peux gérer, disait-il avec le ton de celui qui veut décourager toute tentative de contestation et affronter l'épreuve en guerrier.

Son besoin de solitude ne se discutait pas. J'en acceptais l'augure avec docilité et, pourquoi ne pas le dire, une forme de lâcheté. A chaque fois que j'avais accompagné Laurent à l'hôpital, j'en étais revenue éprouvée, parfois même choquée. On ne voit pas que de belles choses dans les services de cancérologie… On voit des femmes et des hommes pousser le fauteuil roulant de leur conjoint, des couples qui se disputent, des gens qui souffrent. Il m'est arrivé d'avoir à patienter dans une salle d'attente et d'y voir une jeune femme éclater en sanglots. Elle était à deux mètres de moi, j'étais tétanisée. Aujourd'hui encore, je ne sais pas ce que j'aurais dû faire. Lui parler ? Lui tendre un mouchoir ? La prendre par la main ? Je ne la connaissais pas. Et puis d'abord, souhaitait-elle le contact ? M'avait-elle vue ? Pleurait-elle un père, un mari ? Etait-ce plus grave pour elle que pour moi ? Je n'en savais rien, ne le saurai jamais. L'hôpital est un lieu anxiogène, on y laisse une partie de son moral à chaque fois qu'on y met les pieds. Voilà pourquoi je me suis souvent sentie soulagée, libérée d'un poids en entendant Laurent me commander de vaquer à mes occupations :

— Occupe-toi de toi, disait-il.

J'insistais, mollement, car trop consciente de la nécessité de me protéger, ne serait-ce que pour être là quand il en éprouverait le besoin.

Faut-il y voir une forme de rattrapage ? Toujours est-il que chaque rendez-vous à l'hôpital fait l'objet d'un débriefing serré de ma part. Ça commence par le bruit du moteur de son scooter. Mon cœur s'accélère. J'entends ensuite la porte du garage s'ouvrir. Déjà, je n'y tiens plus. Je crois n'avoir jamais attendu que Laurent franchisse le perron pour l'abrutir de questions.

Alors ?

Qu'est-ce qu'ils ont dit ?

Rien ? Comment ça rien ?

Ils parlent les médecins, non ?

Ils ont trouvé l'origine ?

On peut pas demander à l'étranger ?

Tu as un traitement ?

C'est quoi ?

Ils enlèvent les ganglions ?

Non ?

Pourquoi ?

Mais c'est quand même pas dur à enlever ces trucs-là?

Hein ?

Pourquoi c'est difficile ?

Ainsi, à l'épreuve du rendez-vous médical, s'ajoutait celle du récit. Mais que dire quand on n'a rien à raconter ? Ou si peu…

Non, il ne sert à rien d'enlever les ganglions…

En tout cas tant que le cancer primitif n'est pas débusqué…

Oui, ils continuent à chercher…

Voilà. C'est tout. Tenter d'en savoir plus n'aboutit qu'à agacer Laurent, dont l'angoisse exacerbe l'irritation.

Il y a quelque chose de vertigineux à constater l'impuissance des médecins. On grandit avec l'image de ces hommes auxquels le savoir confère de l'autorité : leur parole est d'évangile, leurs écrits sont des ordres. D'ailleurs, ne signent-ils pas des ordonnances ? Ils vous soulagent, vous guérissent. Ils ont la solution. Immanquablement. Systématiquement. Jusqu'au jour où l'on passe de la catégorie petits bobos à celle, mortelle, des maladies graves. Une laryngite n'est pas un cancer… Et l'on découvre que l'homme à la blouse blanche n'est pas infaillible, qu'il peut tâtonner, hésiter, échouer et vous mener au bord d'un abîme où se perd l'écho infini d'une myriade de questions, à commencer par la plus récurrente : quel cancer ?

Le cancer primitif ! Voilà l'objet des recherches. Impossible de le détecter. Donc il se planque. Par déduction, c'est soit l'estomac, soit le pancréas. Ce que les médecins échouent à trouver, j'ai la prétention de le débusquer sur Internet !

Je sais, c'est idiot.

C'est idiot mais c'est plus fort que moi. Malgré les recommandations des médecins qui nous ont fait jurer de ne pas perdre notre temps et notre énergie sur le web, je *googuelise* à tout-va : « cancer de l'estomac » par-ci ; « cancer du pancréas » par-là. Pancréas, je lis : trois à six mois de chance de survie. Ouille… J'ai soudain un faible pour le cancer de l'estomac… C'est ahurissant, j'ai envie d'un cancer de l'estomac. Il a l'air plus cool que l'autre. Je vérifie. Les symptômes… Ils correspondent ? Non. Oui. Un peu. J'ai des doutes. Laurent aussi. Il préfère regarder la télé, Laurent. Il me dit qu'il est persuadé que ce n'est pas l'estomac. Il me dit qu'il n'a aucun problème de digestion. Il me dit qu'il n'a pas perdu un gramme. Il me dit qu'il ne « sent » pas ce cancer en lui.

Mais alors quel est-il, ce cancer qui gagne du terrain, même si les médecins parlent d'évolution lente ? Quel est-il, ce cancer que l'on n'opère pas, ce dont j'ai toujours entendu dire que c'était mauvais signe ? A défaut d'apporter des réponses claires, les médecins proposent d'entamer un premier cycle de chimiothérapie dite « généraliste ». Conséquence : en quelques semaines, les ganglions changent d'aspect et diminuent de 17 %. Laurent reprend confiance. Je cache mon scepticisme.

*

Michel Cymes : « L'entourage importe autant que le patient. »

Un épicentre et des dégâts considérables sur des dizaines ou des centaines de kilomètres alentour : la métaphore est convenue mais si représentative du cancer… La maladie ne s'attaque pas qu'au patient. Par ricochet, elle dévaste l'entourage. Les médecins, en particulier les cancérologues, n'en sont que trop conscients. Voilà pourquoi, à leurs yeux, il est primordial de considérer le malade comme un « tout » familial. Certes, la réponse du patient est essentielle. Mais celle des proches, des amis voire des copains l'est tout autant : elle influe dans des proportions insoupçonnées sur son moral et parfois sur l'efficacité du traitement. Il est donc tout à fait concevable que le conjoint ait recours à un psy, qu'il ressente lui aussi le besoin de se soigner. Il ne doit pas s'en excuser et impérativement chasser de son esprit cette idée selon laquelle il ne serait pas convenable de demander de l'aide alors qu'on n'est pas malade.

Laurent a raison lorsque, avec altruisme et sans doute intuitivement, il conseille à Valérie de penser à elle. Il l'éloigne de SON cancer. Il devine qu'il est vital pour le conjoint de s'aérer. Il importe de déculpabiliser quand pointe l'envie de s'offrir une séance de cinéma ou une soirée entre amis. Surtout, ne se priver de rien. Raisonner différemment reviendrait à s'exposer à l'effondrement moral voire physique qui menace les proches qui, par amour, amitié, pitié ou devoir, se sentent obligés de jouer à plein temps le rôle de cosoignant, qui n'est jamais très loin du rôle de comalade…

Laurent Fignon a atteint le sommet mondial en pratiquant un sport qui, sous certains aspects, fait appel à la tactique collective mais reste avant tout un sport individuel. On n'est jamais deux à pédaler sur le même vélo. La souffrance, sur une selle comme dans la vie, ne se divise pas… Faut-il oser le rapprochement ? C'est cet homme-là, taiseux et solitaire, auquel la vie a appris qu'on pouvait vaincre en ne comptant que sur soi-même, qui s'obstine à affronter l'épreuve en évitant d'impliquer ses proches dans le combat.

Le malade, par principe, est souverain. Ses choix doivent se respecter. Celui de l'isolement relatif est somme toute assez répandu : il permet de ne pas subir la tristesse, les mots forcément maladroits des autres ; il permet de ne pas se sentir cancéreux dans chaque regard.

A chacun sa sensibilité… D'autres, au contraire, éprouvent le besoin de ne parler que de cela. Une manie que l'on retrouve chez nombre de cancérophobes. Je me rappelle un patient qui venait me voir depuis dix ans parce qu'il craignait d'avoir un cancer. Un jour c'était le foie, un autre jour la prostate… A chaque visite, une nouvelle douleur, un nouveau cancer… Je le revois, chaque fois un peu plus blême que la fois précédente.

— Docteur je crois que cette fois-ci, j'ai vraiment un cancer !

Je m'efforçais, à chacun de nos rendez-vous, de le rassurer. Je le raisonnais ou tentais de le faire, lui expliquant que cette angoisse permanente pourrissait sa vie, celle de sa famille et celle de ses amis dont il ne cessait de rebattre les oreilles avec son prétendu cancer.

Ah, l'hypocondrie ! C'est terrible ! Ça vous prend la tête ! Un symptôme et vous ne dormez plus, ne réussissez plus à vous concentrer, ne parlez plus que de cela… Seule une consultation permet de remettre le compteur à zéro. Temporairement. Car le lendemain, la machine à flipper se remet en marche.

Je faisais preuve de beaucoup d'empathie envers ce patient. Les malades imaginaires peuvent être pénibles mais leur comportement témoigne d'une immense souffrance. Aussi, je lui consacrais tout le temps nécessaire, lui répétais qu'il pouvait venir me voir quand il le souhaitait, à la moindre inquiétude.

Dix ans ! Le sketch a duré dix ans ! Dix ans de « ce n'est rien ». Dix ans pendant lesquels sa famille l'a systématiquement envoyé balader à coup de « lâche-nous avec tes maladies ». Dix ans pendant lesquels il s'est senti minable.

Et un jour, patatras ! Je lui découvre un cancer !

Sur le coup, je doute. En médecin rationnel, en scientifique pur et dur, je reprends le dossier, l'épluche, l'étudie, l'examine en long, en large, en travers. Serais-je passé à côté ? Les angoisses de mon patient étaient-elles prémonitoires ? A-t-il senti quelque chose que je n'aurais pas vu ? Non, rien, aucun signe avant-coureur, aucun indice, aucune raison de s'inquiéter…

Mais que valent ces conclusions, si rigoureuses et fondées soient-elles, face à la réaction du patient :

— Je vous l'avais bien dit Docteur !

Comme un cri de victoire, lancé d'une voix douce et remplie d'assurance, qui me laisse pantois. Dans le regard de mon patient, j'ai vu ce jour-là autant de peur que de soulagement : il venait, brutalement, de trouver un sens à sa vie… Il triomphait. Et ce triomphe, il le vivrait jusqu'au bout : ses proches, ses collègues, tous ceux qui, une décennie durant, ne l'avaient pas pris au sérieux, il allait pouvoir les prendre à témoin…

Entre les discrets et les expansifs, il n'est jamais facile, pour l'entourage, de trouver sa place. Mais il est essentiel d'y parvenir. Soutenir le malade demande une forme de doigté : il faut être là, sans trop le montrer. Agir sans envahir. Protéger sans étouffer. Amener l'autre, subrepticement, à se détendre. Le faire rire, par exemple… On a toujours un boute-en-train dans son entourage et il ne faut surtout pas se priver d'en faire bon usage ! De même qu'il convient de faire bon usage des associations de malades ou des psys. Tous les services de cancérologie dignes de ce nom en proposent à leurs malades. Le psy, c'est le réceptacle des angoisses. Il sait écouter, il sait rassurer, il sait entretenir l'espoir. Ce qu'on lui dit, on n'a plus à le dire une fois rentré à la maison. C'est autant que l'on épargne à soi-même et aux proches. Aucun psy n'a jamais fait empirer un cancer. Laurent Fignon, lui, a préféré se passer de ce type d'assistance. Aurait-il fallu insister ? Le convaincre d'essayer ? Peut-être… Je dis parfois à des patients chez qui je diagnostique un cancer que l'épreuve qui se présente à eux est plus difficile qu'ils ne l'imaginent. Ceux qui se sentent assez costauds pour tout supporter évaluent mal ce qui les attend. Et ceux qui guérissent oublient parfois un peu vite qu'ils ont vécu un traumatisme dont il restera une cicatrice, forcément douloureuse, et dont seul le psy est capable d'atténuer les effets.

D'Amour et de souvenirs…

Le souvenir commence avec la cicatrice.

ALAIN

Quand l'avenir est incertain, illisible, indéchiffrable, on cherche une forme de sérénité en se remémorant le passé. Autant dire qu'avec un cancer non identifié dans les tuyaux, j'ai l'occasion, plus souvent qu'à mon tour, de revisiter les jours heureux auxquels Laurent et moi avons pu goûter, trop furtivement hélas ! Me revient alors cette formule de Madame de Staël selon laquelle le bonheur se compose de malheurs évités.

On ne savoure jamais assez les plaisirs simples du quotidien faits de bonnes bouffes en compagnie d'amis fidèles, de l'amour de son métier et – parce qu'il faut bien reconnaître que nous eûmes la chance de pouvoir nous les offrir – de beaux voyages. Et puis survient le cancer avec son cortège d'emmerdes. Du jour au lendemain, le bel équilibre vole en éclats et ne restent que des souvenirs forcément magnifiés. Comme un refuge. Oubliés, angélisés les petits ratés, les imperfections de la vie d'avant.

Je repense avec tendresse aux prémices de notre relation. Si nous étions du même milieu social, Laurent et moi n'étions pas franchement du même monde... Anonyme, j'habitais un petit 30 mètres carrés dans le douzième arrondissement de Paris. Glorieux retraité du sport, Laurent se contentait, lui, de 700 mètres carrés à Saint-Maurice, de l'autre côté du périph. Autant dire qu'il vivait sur une autre planète ! Mais il est vrai que cet espace abritait son domicile et ses bureaux...

Je m'étais mis en tête de lui préparer un dîner dont il me dirait des nouvelles : du pigeon aux petits légumes. Le jour venu, je m'affairai, briquai les lieux, dressai la plus belle des tables, y disposai des bougies et me fis pimpante. Une caricature de dîner aux chandelles se préparait, un traquenard amoureux s'ourdissait. Musique sirupeuse, lumière tamisée, tout y était !

Entre ici mon Amoureux !

Dans 30 mètres carrés, tu ne risques pas de m'échapper...

Le voilà qui déboule. Il entre.

— C'est quoi ça ? Tu veilles les morts ou quoi ?

Et il allume la lumière. Puis la télé. Comme un bonheur ne vient jamais seul, ce soir-là, le pigeon a cramé... Vexée ? Quelle femme ne l'aurait pas été ? Mais il était écrit que l'amour serait plus fort. Ne serait-ce que parce que nous ne pouvions le vivre pleinement. Après son divorce, Laurent avait en effet obtenu la garde alternée de ses enfants, auxquels il se consacrait pleinement une semaine sur deux. Seule l'autre semaine nous appartenait et rien ne devait la gâcher.

Je souris à l'évocation de son incapacité à être à l'heure à la gare ou à l'aéroport. Un jour, cela nous coûta de rater un avion pour l'Italie et d'avoir à patienter quatre heures à Roissy en attente du vol suivant. Je fis la gueule. Lui aussi. Le voyage commençait bien... Il se terminerait mieux, vous allez comprendre...

Nous répondions à l'invitation de notre ami Marcel Tinazzi. Patron d'une grande usine de textile qui fabrique des vêtements cyclistes, il a pris la bonne habitude d'organiser, une fois l'an, une grande fête dans sa propriété. Un joli rendez-vous de l'amitié où se retrouvent journalistes de renom et champions, confirmés ou en devenir. Nous arrivâmes à pas d'heure, fourbus et agacés. Mais, là encore, il était écrit que l'amour serait plus fort. Car Laurent avait prévu de prolonger notre escapade italienne par une escale de trois jours à Venise.

Ah ! Venise... Ce bel hôtel dont la façade surplombe le Grand Canal, ces flâneries sur la place Saint-Marc et ces fous rires qui nous saisirent à la vue de cohortes d'amoureux qui se pressaient sous le pont des Soupirs pour s'y demander en mariage... Nous évitâmes de peu le piège à touristes de la balade en gondole – une heure d'attente pour se faire racketter et finir devant une maison lambda qui est forcément celle de Casanova, non merci ! – pour lui préférer celui du restaurant étoilé. Le soir venu, je m'habillai d'une robe légère cependant que Laurent s'encombrait d'une veste dont, petit un, je trouvais qu'elle jurait avec sa chemise et petit deux, je ne voyais pas l'utilité puisqu'il faisait une chaleur à faire bouillir les eaux de la lagune.

— Tu as froid ? demandai-je.

Il me répondit qu'il tenait à prendre sa veste.

A table, nous commandâmes le menu le plus copieux. Je ne saurais dire combien de plats je vis défiler ce soir-là. Et ce doit être avant le septième (à moins que ce ne soit après le neuvième...) que Laurent prit sa respiration pour me soumettre à la question, avec la timidité d'un petit garçon qui redoute de se faire rabrouer :

— Est-ce que tu veux vivre avec moi ?

Je répondis sans hésiter :

— Oui.

Il parut intimidé. Sa voix se troubla :

— Et est-ce que tu veux m'épouser ?

Je n'y crus pas : pas ça, pas lui, pas nous, pas ici, pas à Venise ! Nous avions abordé la ville avec une forme de détachement, nous en avions vaguement moqué le côté ringard entretenu par ses visiteurs qui, par injonction du contexte, se croient obligés de succomber à l'Amour, et nous nous retrouvions là, l'un face à l'autre, prêts à céder nous aussi à la tentation de Venise...

Ce soir-là, j'ai pleuré, d'émotion, j'ai dit oui, ai fait mine de lui laisser une chance (« Tu es sûr de vouloir te remarier, toi qui viens de divorcer ? ») et ai félicité Laurent d'avoir pensé à prendre sa veste qui ne servait en fait qu'à cacher le bel écrin Boucheron qui contenait une magnifique bague sertie de diamants.

— Comment as-tu fait pour connaître mon tour de doigt ? lui demandai-je.

— Je t'ai piqué une bague et je l'ai apportée au joaillier.

— Tu as pris laquelle ?

Il me décrivit la bague qu'il m'avait empruntée. J'éclatai de rire :

— Tu sais que cette bague, je ne la mets plus, elle est trop juste !

Ce soir-là, comme Cendrillon avec sa pantoufle, j'ai un peu forcé pour faire passer mon doigt dans l'anneau. Pour ne pas prendre le risque de l'oublier sur un coin de lavabo, j'ai dormi avec mon cadeau. Au matin, mon doigt était rouge et avait doublé de volume. Impossible de retirer le bijou !

Je le regarde, ce bijou me rappelle Venise, m'émeut de cet épisode à l'eau de rose qui nous mit ainsi en scène, Laurent et moi, alors que, et c'est un euphémisme, nous n'étions pas spécialement fleur bleue… Mais, encore et toujours, il était écrit que l'Amour serait plus fort, qu'il pourrait changer les êtres et les choses, influer sur le destin et au final nous permettre de vaincre cette épreuve qui, entre deux incursions oxygénantes dans le souvenir des jours heureux, s'imposait à nous.

Rien ne devait, face au défi, être éludé. Aucune piste ne devait être négligée. C'est ainsi que Laurent en vint à s'intéresser d'un peu plus près à ce qu'il mangeait. Il y avait du boulot ! C'est simple : on eût dit qu'il ne savait pas ce qu'étaient les fruits et les légumes. En revanche, il n'était jamais en retard d'un bon steak, avalait les œufs par paire, mariait volontiers le fromage et la charcuterie et, après avoir arrosé le tout de Coca, ne détestait pas finir sur une note sucrée, le chocolat s'imposant alors comme une évidence. La salade ? Connais pas ! Les brocolis ? C'est quoi ? Les tomates ? A d'autres ! Les pêches, les pommes, les poires ? Il pouvait les apprécier quand il pensait à en acheter, c'est-à-dire jamais ! Le pire, c'est qu'il s'était pris de passion pour la cuisine et se piquait d'en faire profiter nos invités. Et quand Laurent recevait, il voyait les choses en grand : des tablées de dix voire vingt personnes auxquelles il promettait le meilleur de son savoir-faire. Cela passait par l'élaboration de recettes qu'il allait pêcher dans des livres spécialisés. Il fallait qu'elles soient compliquées ! Sinon, quel intérêt ? Réquisitionnée pour la cause, j'étais bombardée commis de cuisine avec pour consigne d'être là mais de ne toucher à rien, au risque de mettre en péril le perfectionnisme de sa démarche.

Mais jamais le cuisinier n'égala le cycliste ! Loin s'en fallut ! On pourrait même dire que le premier se signala par des retards ahurissants qui auraient valu au second de finir dans la voiture-balai : combien de fois ai-je vu nos invités, affamés et n'y tenant plus, tremper un morceau de pain dans le plat qui terminait sa cuisson, aux alentours de minuit ?

Mais ce qui m'agaçait hier m'attendrissait aujourd'hui. Le cancer a ceci de positif qu'il redonne le sens des priorités… En matière alimentaire, Laurent a opéré un semblant de mue après la lecture d'*Anticancer*, le livre de David Servan-Schreiber. Laurent en avait… dévoré les quatre cents pages sur les conseils d'une amie, juste après avoir appris la nature du mal qui le rongeait.

Dans ce best-seller qui connut un succès international (plus d'un million d'exemplaires vendus), le médecin (décédé en juillet 2011) vante, entre autres choses, les mérites d'une alimentation soignée et riche en oméga 3 en complément des traitements conventionnels contre le cancer. Il évoque son propre combat contre la maladie et insiste sur l'importance des défenses naturelles du corps qu'il convient selon lui de booster. Du jour au lendemain, *Anticancer* devient la bible de Laurent. Le voilà qui boit des litres de thé vert, saupoudre ses aliments de curcuma censé agir sur l'inflammation, se gave de fruits rouges… Mais un chat est un chat et les bonnes résolutions ne durent que deux mois.

Tout aussi indiquée mais sans doute plus adaptée à la personnalité de Laurent nous apparaît la pratique sportive. Il s'offre quelques parcours de golf ou pédale de temps à autre. Il aime à se fondre dans les pelotons de coureurs amateurs qui s'entraînent chaque jour au bois de Vincennes. Un jour, il en revient même hilare.

— Tu vas pas le croire, j'étais en train de rouler, j'ai pris un virage un peu comme un pro, c'est-à-dire en rasant des cyclos, et un des gars m'a engueulé. Tu sais ce qu'il me dit ? Il me dit : hé toi, si tu sais pas rouler, reste derrière ! Et le mec, tout en me parlant, j'ai bien vu qu'il me reconnaissait. Il n'avait pas vu sur le coup, j'avais mon casque. Du coup, il a plus rien dit, il a ralenti et s'est mis derrière moi pour suivre la trajectoire.

Laurent sourit. Il fait son possible pour se maintenir en forme et il y parvient. A tel point que le premier cycle de chimiothérapie se passe bien. Certes, l'injection du produit se traduit par l'apparition de quelques rougeurs sur le visage mais pour le reste, Laurent ne semble pas plus affecté que ça. Ni physiquement, ni psychologiquement. D'ailleurs, après l'injection administrée à l'hôpital, Laurent s'amusait presque de devoir porter à la ceinture un diffuseur de produit relié à sa poitrine par une aiguille plantée dans un petit boîtier dissimulé sous sa peau. Mais nous nous leurrions... Car en fait, fort de sa carrière de sportif de haut niveau, Laurent était un homme en pleine forme. Ses solides qualités physiques lui ont dans un premier temps permis de résister à la nocivité du produit. Mais le second cycle de traitement va se charger de nous remettre les idées en place et le moral à zéro. Laurent en ressort à plat. Les effets secondaires s'accumulent : il perd ses cheveux, il manque d'appétit, ses envies se meurent, il transpire excessivement et ça le perturbe. Il a l'impression, après chaque séjour à l'hôpital, de traîner dans son sillage l'odeur si particulière de la chimio : une sorte de transpiration médicamenteuse.

Evidemment, notre vie de couple s'en ressent. Nous qui étions très tactiles, toujours collés l'un à l'autre, jamais en retard d'un baiser nous éloignons subrepticement l'un de l'autre. Les sens se brouillent. Laurent souffre de nausées. Un parfum, l'odeur d'une crème, tout lui est insupportable. Il se prend les pieds dans le tapis, laisse échapper tout ce qu'il touche parce qu'il perd peu à peu la sensibilité aux extrémités. Plus question, désormais, de l'approcher, de l'embrasser, ni même de lui prendre la main. Notre intimité est réduite à néant. Laurent en est plus que conscient.

— Ma pauvre chérie, ce que je te fais supporter...

— Tu sais, je me suis mise en off, on va attendre que ça aille mieux, c'est pas grave.

Je mens.

Je mens et je sanglote en silence dans le lit à côté de Laurent. Laurent si près, à portée de main, à portée de lèvres, à portée de peau, Laurent si loin, intouchable.

J'ai de plus en plus de mal à me convaincre que l'Amour sera plus fort. Il aurait besoin, l'Amour, d'un petit coup de pouce de la médecine. Mais sur ce front-là, rien de nouveau... Le mystère du cancer primitif s'épaissit de jour en jour. Les médecins parlent maintenant du pancréas parce que, disent-ils, « quand on ne trouve pas l'origine d'un cancer métastasé c'est bien souvent le pancréas, ce petit organe replié sur lui-même et donc difficile à étudier ». Je connais la ritournelle par cœur, elle nous a été servie cent fois mais sans aucune certitude. Je n'en peux plus. Je doute de la compétence voire du sérieux des médecins. Que font-ils ? A quoi jouent-ils ? Nous cachent-ils la vérité ? Questions sans réponses. Questions noyées de larmes. A mon côté, Laurent s'est endormi. Je le regarde. Bientôt juillet. Laurent doit commenter le Tour de France. Va-t-il y parvenir ?

*

Michel Cymes : « Le cancer laisse toujours une cicatrice. »

La vie d'avant, le bonheur passé... Celui qui a un cancer ne peut s'empêcher d'y penser. Quand l'avenir semble incertain, l'évocation de l'avant-séisme demeure la meilleure garantie d'un bon moral.

Je ne suis pas psy… Cependant, j'ai parfois l'impression que certains patients (voire leur entourage), légitimement obsédés par le souvenir de ce qu'ils ont vécu avant l'annonce du cancer, en arrivent à imaginer qu'il n'y aura plus de lendemain. Ou qu'au mieux, cet avenir sera marqué du sceau de la maladie. Pour être honnête, ils n'ont pas toujours tort… Car demain ne sera plus comme avant, demain ne peut pas être comme avant. Même en cas de guérison, il restera une cicatrice, le cerveau étant marqué à jamais. Faut-il rappeler tout ce qu'il doit encaisser et gérer, de l'inévitable peur qui accompagne l'annonce aux angoisses liées à l'attente, de la violence des traitements au stress généré par l'incertitude ? La cicatrice ne demande qu'à se rouvrir. Et les occasions ne manquent pas : les contrôles réguliers, les examens (fussent-ils préventifs), les consultations (fussent-elles encourageantes)… A chaque fois qu'il tendra sa carte Vitale, même s'il ne fait qu'acheter une boîte de Paracétamol, le patient repensera à son cancer. A chaque fois qu'il tombera sur un article dans le journal, à chaque fois qu'il verra un reportage télévisé sur le sujet, il y pensera. A chaque fois… Jusque dans le bureau de son banquier auprès duquel il aura eu l'audace de solliciter un prêt, il pensera à sa maladie. Quand on a été cancéreux, on le reste toute sa vie. Un cancéreux guéri reste un cancéreux.

Je comprends que l'on ait du mal à admettre que la médecine, en dépit de la technologie ultramoderne dont elle dispose, ne parvienne pas toujours à déceler rapidement l'origine d'un cancer, comme ce fut le cas pour Laurent. Les choses sont si complexes… Le cancer n'obéit à aucune règle. A moins qu'il obéisse à un trop-plein de règles qui, se combinant les unes aux autres, débouchent sur un nombre invraisemblable de scénarios.

Tant de facteurs interviennent : cela va du type de cellule au siège de la tumeur en passant par tous ceux que la recherche n'a pas encore identifiés... Une grosse tumeur, bien visible, n'est pas forcément plus grave qu'une petite tumeur. Car la grosse tumeur ne dissémine pas toujours. Elle est en cela moins inquiétante qu'une tumeur de quelques millimètres, indécelable, mais qui laisse partir des cellules cancéreuses qui migrent alors vers d'autres organes, entraînant la formation de métastases. Ensuite, il faut que les métastases soient accessibles, que le tissu soit analysé. Alors seulement peut démarrer un traitement par chimiothérapie dont le but est de détruire les métastases mais également les cellules cancéreuses, où qu'elles se trouvent dans l'organisme. La chimiothérapie passe par la circulation générale. Elle diffuse dans tout l'organisme, ce qui explique les effets secondaires ressentis par Laurent.

La tumeur initiale ? Il est bien sûr préférable de la trouver, ne serait-ce que pour le patient qui a alors l'impression de « visualiser » l'ennemi... Mais on peut aussi guérir sans l'avoir localisée, avec un traitement bien ciblé. S'il n'était pas mortel, on dirait du cancer qu'il est facétieux.

Quant à la prise de conscience par Laurent de l'importance de l'alimentation, elle est classique quand on est porteur d'une maladie grave. Il ne faut pas mésestimer les conséquences du traitement. Elles entraînent souvent des modifications radicales des sensations gustatives. Tel aliment que l'on adorait donne des nausées. La simple évocation d'un plat devient insupportable. Et puis, il y a ces croyances autour de l'effet des vitamines ou de telle ou telle plante… Que l'on soit perméable ou pas à ce genre de discours, tout peut être tenté. Les médecins acceptent d'ailleurs plus facilement qu'auparavant qu'un patient puisse, en plus des traitements classiques et reconnus, être aidé par ce que l'Organisation mondiale de la santé appelle les médecines complémentaires. Ni parallèles, ni douces. Simplement complémentaires. Leur dénomination dit l'essentiel de leurs limites…

Le succès spectaculaire des thèses de David Servan-Schreiber prouve que les Français sont prêts à entendre d'autres discours. Ils perçoivent que notre environnement, nos choix alimentaires et notre psychisme jouent un rôle dans la lutte contre le cancer. Ont-ils raison ? Rien ne le prouve. Mais la science ne peut pas tout prouver. Et l'on ne peut reprocher à un patient porteur d'une maladie qui ne régresse pas d'avoir envie de croire à autre chose…

Un Tour, deux chimios…

La passion est une obsession positive.
L'obsession est une passion négative.

Paul CARVEL

La particularité de l'édition 2009 du Tour de France, c'est qu'un cancéreux en prend le départ… Certes, c'est dans la cabine commentateur que Laurent s'apprête à parcourir les 3 459 kilomètres qui, de Monaco à Paris en passant par l'Espagne, Andorre, la Suisse et l'Italie, constituent le parcours de la Grande Boucle, mais tout de même, c'est une première ! A cette occasion, Daniel Bilalian s'est montré gentleman : il a honoré la promesse faite à Laurent qu'il commenterait la course et a fait en sorte que France Télévisions s'adapte à la situation en permettant à Laurent de s'absenter par deux fois pour cause de séances de chimio. Pour cela, Laurent vouera une reconnaissance éternelle au patron des sports de la télé du Service Public. Il appréciait ceux qui, à son image, étaient des hommes de parole. J'avais même eu à le regretter en 2006, lorsque Guy Drut nous avait demandé de participer au Téléthon à Coulommiers, la ville dont il était le maire. A peine Laurent avait-il donné son accord que nous recevions une invitation pour une course de Zodiac en Martinique. Il suffisait d'annuler. Guy Drut aurait compris. Laurent n'en fit rien. Il avait donné sa parole, il la respecterait. Je pouvais râler, minauder, faire la danse du ventre, tout tenter, l'affaire était pliée !

A la bienveillance de Bilalian, s'ajoute celle du corps médical. En effet, il n'est pas d'usage que les séances de chimio aient lieu dans des hôpitaux différents. Mais Fignon, c'est Fignon ! Et les médecins vont tout mettre en œuvre pour s'adapter au tracé du Tour de France : les séances de chimio auront donc lieu à Montpellier et à Annecy. Laurent est soulagé : ne pas prendre le départ eût signifié qu'il devait s'incliner face à la maladie.

Je suis contente pour lui. Nous vivons dans l'anxiété depuis plus de trois mois et rien de mieux qu'un Tour pour lui changer les idées. Je le sais heureux dans l'ambiance d'une caravane qui a accompagné quelques-unes des plus belles années de son existence. Contente pour moi aussi. Je n'appréhende pas son absence. Au contraire, j'y vois l'occasion d'une pause, la possibilité d'une évasion. A moi les sorties entre copines et les soirées amicales dont j'avais perdu le goût ! Quitte à devoir rejouer chaque soir avec Laurent ce dialogue devenu culte :

— T'es où ? Tu t'es encore barrée ?

— Qu'est-ce que ça peut te faire ? Tu n'es pas là, je ne vais pas rester cloîtrée comme une nonne !

— C'est bon, je blague.

— Jaloux !

Parce que pendant que certains sont sur le Tour, d'autres bossent ! C'est mon cas. Mais je vais au travail avec un équipement particulier. J'y emmène une petite télé qu'à l'heure du direct je branche discrètement pour suivre l'étape du jour. Ainsi, pendant trois semaines, je me tiens informée moins du déroulement de l'épreuve que de l'état de forme de Laurent. Chaque image, chaque intonation, chaque silence me parle. Et si j'ai cru pouvoir prendre congé du cancer à l'occasion du Tour, je m'aperçois que la pause est toute relative. Il suffit que Laurent apparaisse à l'écran avec les traits tirés pour que j'en conclue qu'il va mal. Il suffit que je n'entende pas sa voix pour comprendre qu'il est allé se reposer dans un camping-car. Ces absences font partie du deal passé avec Daniel Bilalian : à tout moment, Laurent peut s'éclipser s'il en ressent le besoin. A l'antenne, les choses se passent en douceur. Thierry Adam, le journaliste, annonce avec simplicité et tendresse que « notre ami Laurent Fignon est parti se reposer » et le direct se poursuit... Cette phrase, évidemment anodine pour des millions de téléspectateurs, résonne en moi comme un coup de semonce à chaque fois que je l'entends. Sur le coup, l'envie d'appeler Laurent me démange. Mais je n'imagine pas le réveiller. Alors j'attends la fin de l'étape pour m'enquérir de sa forme physique, qu'il commente invariablement de la sorte :

— Je suis cuit donc j'ai eu un coup de mou, mais ça va mieux.

Chaque jour, sur ma petite télé portable, j'observe, j'écoute Laurent. Il arrive que l'image se brouille, que le son grésille. Alors j'oriente l'antenne dans tous les sens, je tripote les boutons du poste. Un jour que je ne parvenais pas à le régler, je crus devenir folle.

J'étais à deux doigts de quitter le boulot pour aller voir l'étape chez des amis lorsque, à mon grand soulagement, l'image revint. Et le son avec :

— … Laurent est parti se reposer…

Je l'entends souvent, cette phrase. Trop souvent. Et je trouve que Laurent a mauvaise mine. Au soir de la quinzième étape, je n'y tiens plus : je décide d'aller le retrouver en Suisse, à Verbier, pour, le lendemain, l'accompagner à Annecy, sa seconde ville-étape du Tour de France chimio… Le matin, au petit déjeuner, Laurent retrouve Benoît Heimermann, journaliste à *L'Equipe Magazine*, qu'accompagne le photographe Philippe Caron. Laurent leur a donné son accord pour une séance photos. Il ne leur cache pas sa lassitude :

— Je ne dors pas trop mal mais je n'arrive pas à récupérer. D'ordinaire, le Tour c'est déjà fatigant mais là, j'en bave… D'un autre côté, je profite de beaucoup de marques d'attention. Ça m'agace un peu, mais je sais qu'au fond de moi, ça me fait du bien. Enfin, je me suis battu à vélo, il n'y a pas de raison que ça change. Faites votre boulot les gars…

Ce discours, un peu moins conquérant qu'à l'accoutumée, Laurent se gardera longtemps de le tenir en ma présence. Je n'apprendrai que bien plus tard qu'il s'est adressé à Benoît Heimermann en des termes qui témoignent d'une forme de pessimisme :

— Tu connais la chanson, hein… Tant qu'on n'a pas passé la ligne d'arrivée…

La séance photos va se prolonger jusqu'à Annecy, dans la chambre d'hôpital de Laurent, qui est immortalisé avec une aiguille plantée dans son torse nu. J'éprouve une sorte de malaise que les témoignages de sympathie, lorsque le journal sortira, ne parviendront pas à atténuer…

Cependant, avec du recul, je conçois l'exercice comme une figure imposée à Laurent par son besoin de se battre et de parler librement du cancer. Je dis bien DU cancer, et non pas de SON cancer. Laurent avait été ébranlé par la lecture d'une lettre écrite par un monsieur qui disait avoir le cancer et confessait avoir baissé les bras tant le combat lui paraissait difficile. Et puis, il avait appris que Laurent était dans la même panade. Il l'avait entendu dire qu'il fallait se battre. Il avait lu ses déclarations selon lesquelles il n'envisageait qu'une guérison et rien d'autre. Alors le monsieur avait repris goût à la vie : « Grâce à vous, je repars au combat », avait-il en quelque sorte écrit à Laurent, qui en avait conclu que le cancer n'est en rien une maladie honteuse et qu'il faut impérativement en parler.

Personnage public, Laurent recevait des montagnes de courrier. En mettant un terme à sa carrière, il avait certes permis à notre postier de souffler un peu mais les choses avaient repris de plus belle avec l'annonce de son cancer et sa présence à l'antenne, quotidiennement, en juillet 2009. Se replonger dans la correspondance de l'époque, c'est prendre le risque d'y passer des jours entiers tant il y a d'émotions contradictoires qui sourdent de ces témoignages souvent généreux, parfois haineux. Combien de cartes postales de personnes malades ? Combien de lettres de passionnés de vélo ? Combien de déclarations d'amour, comme celle, incandescente, de cette femme qui déclare sa flamme tout en prenant soin de m'adresser personnellement un petit mot me demandant de ne pas lui en vouloir parce que c'est plus fort qu'elle ? Il y a, avec les dessins d'enfants arrivés à la maison, de quoi tapisser toutes les maternelles de l'Hexagone et je ne compte plus les marabouts et guérisseurs qui se sont manifestés en envoyant leur carte de visite. Entre deux témoignages bouleversants, mille et un cadeaux drôles ou touchants. Faut-il que les gens aient la foi pour envoyer des médailles représentant la Vierge Marie… Faut-il qu'ils croient aux miracles pour poster des bouteilles d'eau de Lourdes… Faut-il qu'ils soient attentionnés pour faire graver nos prénoms sur un service de petit déjeuner… Faut-il qu'ils soient habités pour recommander leurs tisanes curatives ou supposées telles… Et comment oublier ce dimanche 26 juillet 2009 ? C'est le dernier jour du Tour, je retrouve Laurent à Paris. Je l'accompagne place de la Concorde, où est installée la cabine commentateur. Il est midi. Laurent gare son scooter cependant que s'approche un homme qui souhaite engager la conversation. Laurent s'éclipse, on l'attend… Plusieurs heures plus tard, alors que nous récupérons le scooter, le même homme surgit de derrière un arbre et, avec des accents prophétiques, conjure à Laurent d'arrêter la chimio :

— Elle vous tuera ! dit-il.

Et l'homme d'énumérer les vertus de la tisane, de la prière et de la méditation pour vaincre la maladie. Je revois Laurent lui répondre :

— Monsieur, j'entends ce que vous dites, je vais prendre vos tisanes mais je vais quand même continuer mes séances de chimio…

Ultrasollicité, Laurent pouvait être un peu cassant. Il le savait et l'assumait. Il se voulait sans concessions, jusque dans l'exercice de son métier de commentateur.

— Moi, je suis embauché comme consultant et je fais mon travail au mieux, même si parfois ça peut choquer les téléspectateurs ou les équipes cyclistes, aimait-il à dire quand on lui reprochait d'être trop critique.

Le résultat était à l'image du champion qu'il avait été : soit on aimait, soit on n'aimait pas… Et ceux qui n'aimaient pas allaient parfois jusqu'à prendre la plume pour l'exprimer.

— Val, viens voir ce que j'ai reçu ! s'exclamait Laurent.

Et c'était parti pour une séance de lecture à deux où l'on croisait toutes sortes de profils.

Compétent : « Ayez la décence de laisser votre place, personne n'est irremplaçable, surtout pas vous. »

Odorant : « Je ne peux pas vous piffer. »

Bienveillant : « Reste chez toi pour te soigner. »

Amical : « Vivement la fin du Tour que je n'entende plus ta sale gueule ! »

Généreux et gentil : « La maladie ne vous a rendu ni généreux ni gentil ! »

Et même une historienne du sport : « J'étais contente quand vous avez perdu le Tour 89 de huit secondes ! »

J'ai pu constater que les femmes ne sont pas moins hargneuses que les hommes : l'une de ces gentilles lettres, écrite par une dame remontée comme Big Ben, comporte cinq pages recto verso et plus on avance dans la lecture, plus l'écriture est saccadée !

Ces témoignages de haine ordinaire restent ultra-minoritaires et ne reflètent en rien l'accueil réservé à Laurent par le grand public sur les routes du Tour 2009. A cette occasion, son image s'est bonifiée. Après sa mort, plusieurs personnes m'ont avoué qu'elles n'avaient jamais trop aimé le bonhomme au temps de sa splendeur mais avaient fini par l'apprécier, précisément pour le courage et la franchise manifestés au mois de juillet 2009. Laurent ne calculait pas. Il était cash. Et rien ne saurait mieux en apporter la preuve que l'épisode bouleversant vécu en direct, lors du dernier jour du Tour. Au moment des adieux, Daniel Bilalian s'empare du micro :

— Je ne vais pas remercier nominativement tous ceux qui ont participé à ce Tour de France. Le seul que je voudrais nommer, c'est celui qui est juste à côté de moi, c'est Laurent Fignon. Je voudrais le remercier d'avoir été présent…

— Merci…

— … d'avoir eu le courage d'être avec nous, et puis lui dire que je compte bien le retrouver l'année prochaine… Lui dire aussi, en mon nom personnel, que tant que je serai là…

Et, se tournant vers Laurent :

— … vous serez avec nous…

La voix de Bilalian flageole. Son émotion est perceptible. S'ensuit un long silence que Laurent croit utile de rompre :

— Ecoutez, si je peux dire un petit mot de remerciement à mon tour… Lorsque j'ai appris que j'avais cette maladie, je vous ai appelé pour vous en parler et immédiatement vous m'avez dit : Laurent, on fera comme vous voudrez. Et ça m'a évidemment bien touché, ça m'aide évidemment, et j'ai été très heureux et...

Et...

Et rien.

Le silence.

Laurent ne terminera jamais sa phrase qui se perd dans des sanglots. Il s'effondre sur le pupitre, cache son visage cependant que le réalisateur le fait disparaître de l'image... Cette scène, je l'évoque avec précision parce que je l'ai visionnée des dizaines de fois sur le Net. En effet, je n'y ai pas assisté en direct et à la limite, c'est mieux ainsi... Au moment où Laurent craquait, je buvais une coupe avec des amis dans l'espace VIP. C'est Gérard Holtz qui m'a alertée :

— Valérie, tu as vu ? Laurent a craqué en direct. Tout le monde pleure dans la cabine des commentateurs !

— Non. Où ? Quoi ? Je n'ai rien vu !

Je me lance à la recherche de Laurent, bute sur lui en haut d'un escalier :

— Que s'est-il passé ?

— C'est rien Val, j'ai juste craqué. Quand Bilalian m'a remercié, j'ai vu son menton trembler et ça m'a fait craquer.

Que Laurent ait littéralement perdu ses moyens ce jour-là l'a rendu plus humain aux yeux du grand public, qui a perçu la sincérité d'un homme dont chacun sait qu'il détestait par-dessus tout afficher ses faiblesses. Moi-même, qui pourtant connaissais le personnage, ai eu l'impression d'en découvrir une facette supplémentaire, ultrasensible. Laurent fut ce jour-là touché, pour ne pas dire coulé, par l'Amour profond qu'il avait reçu. Enfin il lâchait prise ! Enfin, il se sentait digne d'être aimé ! Enfin, il laissait se craqueler ce vernis protecteur qui avait tant coûté à son image !

Le lendemain matin, je me réveille et vois Laurent assis sur le lit. Visiblement, il attendait que j'ouvre l'œil. Il a déjà ses lunettes sur le nez :

— Chérie, il faut que tu m'emmènes à l'hôpital, je ne peux plus respirer.

Six jours d'hôpital. Embolie pulmonaire. L'occasion d'une peur éclair pour moi. Car l'embolie, je connais : ma grand-mère en a été victime quelques années auparavant. Les médecins m'avaient alors appris qu'on peut y passer si on tarde à réagir. Là, nous sommes largement dans les temps. Me voilà rassurée. Laurent n'a plus le droit de bouger. Trois semaines de Tour de France lui ont changé les idées. Un peu. Mais elles l'ont surtout épuisé.

*

Michel Cymes : « Tenter de mener une vie normale. »

Toute personne qui suit la caravane du Tour de France pendant trois semaines termine sur les rotules. C'est un cirque qui ne s'arrête jamais, maintient en éveil, vous oblige à puiser dans vos réserves, vous condamne à une hygiène de vie épouvantable : on mange sur le pouce (quand on mange !), on dort peu, le bruit est incessant, la tension permanente. Que

Laurent, de toute évidence affaibli par la maladie, ait trouvé la force de remplir sa mission invite au respect. C'est, encore une fois, révélateur de sa force de caractère mais aussi de son évidente passion pour l'affaire de sa vie : le vélo.

Qui allait empêcher Laurent de faire ce qui lui chantait ? On ne lutte pas contre une personne qui nourrit un projet, a fortiori quand la personne en question traîne un cancer. Au risque d'enfoncer une porte ouverte, je pense qu'il est toujours préférable pour un malade de mener une vie proche de la normale. Point n'est question d'imaginer que l'on puisse ainsi oublier le cancer : le cancer ne s'oublie jamais, on y pense du matin au soir et du soir au matin, on le voit dans le regard de l'autre, on le sent avec les effets secondaires. Non, en se lançant dans l'aventure du Tour, Laurent s'est juste donné un but temporaire : tenir son rôle de consultant, le temps de l'épreuve. Il s'est autorisé à s'imaginer un avenir, un avenir de trois semaines peut-être, mais un avenir. Comme un pied de nez fait à la maladie qui, quand elle surgit, a ceci de particulier qu'elle débarrasse le malade de toute notion d'avenir.

Certains patients croient qu'il faut se préoccuper en permanence de son cancer pour avoir une chance de s'en sortir. Contresens ! Ne pas se consacrer uniquement à la maladie n'est pas synonyme de perte de chance...

Laurent a-t-il pour autant bien fait de se lancer dans cette éprouvante aventure ? Est-elle responsable de l'embolie pulmonaire qui, comme par hasard, survient dès la fête finie ? Répondre avec certitude à ces questions relève de la gageure même si je suis enclin à penser que compte tenu de l'état de santé de Laurent, il eût été étonnant qu'il ne se passât rien…

L'embolie touche en priorité les personnes qui connaissent des problèmes de circulation sanguine. En général, ça commence dans la jambe : un caillot se forme dans une veine, un morceau se détache, suit la circulation sanguine, atteint le cœur pour ensuite se ficher dans l'une des deux artères pulmonaires et la boucher. Cet enchaînement, classique, se traduit par une douleur aigüe dans la poitrine et peut être fatal à celui qui en est victime. On sait que les traitements suivis par Laurent ont entraîné des troubles de la coagulation sanguine. J'imagine par ailleurs que Laurent a passé de longues heures en position assise, en voiture ou en cabine de commentateur, pendant ce Tour de France. Il n'est pas impossible qu'il y ait un lien entre ces événements même si rien, scientifiquement, ne permet de l'affirmer.

J'ajouterai que si Laurent avait psychologiquement besoin de couvrir le Tour 2009, il y a forcément laissé une partie de ses forces. Car la fatigue altère l'efficacité du système immunitaire, dont le rôle est essentiel puisqu'il consiste à lutter contre les agressions extérieures (virus, bactéries, champignons, parasites, etc.) et les agressions intérieures. Parmi elles, figurent les cellules cancéreuses, c'est-à-dire ces cellules dont le programme génétique s'est modifié. Chaque cellule est en effet programmée pour mourir après un certain nombre de divisions. Cette mort cellulaire programmée s'appelle l'apoptose. Mais il arrive que, dans certaines cellules, ce « programme de mort » s'emballe. La cellule se divise alors indéfiniment. Elle devient immortelle. Il revient au système immunitaire de la repérer pour la détruire. S'il y parvient, il a fait son boulot. Sinon, c'est que la cellule a été plus maligne… C'est cela, le cancer… Et face à un système immunitaire affaibli, il se régale…

Vacances à Evian

La parole entraîne, l'exemple enseigne.
Joseph JOUBERT

Il ne faut pas se tromper : l'embolie pulmonaire n'arrive pas par hasard. C'est, une fois de plus, le cancer qui se rappelle au mauvais souvenir de Laurent. Un peu comme si la maladie prenait un plaisir sadique à dire « Coucou, tu ne me vois pas, tu ne m'as toujours pas localisée mais je suis bel et bien là et pour te le faire sentir, je vais t'emmerder un peu, histoire de tester tes limites, histoire de te rappeler qu'il ne suffit pas de faire un Tour de France pour se croire tiré d'affaire… » Ou un truc de ce genre…

Le fait est qu'en dépit de la fatigue et des deux étapes-chimio, Laurent a goûté les trois semaines de micro que lui a offertes France Télévisions. Immergé dans un univers qu'il aime et ne connaît que trop, il s'est senti utile, il s'est senti revivre, il s'est senti exister dans le regard de ses fans comme dans celui de ceux qu'il exaspère. Pour quelques lettres d'énervés qui reprochent à Laurent, pêle-mêle, son arrogance, son ego, son salaire, son sens critique, la rudesse de ses analyses, la faim dans le monde et le blocage de la situation au Proche-Orient, combien de témoignages élogieux ? Tous se ressemblent, même si chacun est unique. Comment rester insensible à un inconnu qui dit son « admiration » ? Comment ne pas s'émouvoir de l'évocation quasi systématique du palmarès de Laurent, quelque vingt années après ses ultimes exploits sportifs ? Un mot revient souvent : courage. Les gens font le rapprochement entre ce que Laurent sut endurer sur une selle et le combat qu'il mène contre le cancer. Tout cela ne saurait nuire au moral : en renvoyant Laurent à sa période de gloire, chaque correspondant lui rappelle que la victoire relève du possible, quelles que soient les circonstances, quel que soit le contexte. Et puis, l'effet cancer a rapproché Laurent d'un public qui lui était inconnu : celui des Français que le vélo n'intéresse pas plus que cela… « Pour les non-initiés comme moi, vous rendez le Tour plus intelligible et donc plus intéressant », écrit l'un. « Je ne vous ai jamais suivi en tant que coureur mais je pense que cela devait valoir le détour », abonde l'autre.

Malgré tout ce que cela peut avoir de requinquant, Laurent a ordre de ne pas s'agiter. Un caillot de sang se balade dans ses artères et le meilleur moyen d'éviter qu'il aille droit au cœur est encore de rester immobile. Une semaine de repos forcé : le cancer lui fait payer ses trois semaines de Tour.

Laurent prend la chose avec élégance : il en profite pour lire et se mettre à l'entière disposition des médecins qui se lancent dans un nouveau PET-scan. Le PET-scan ? Une sorte de superscanner. Un système d'imagerie révolutionnaire. Maniement complexe, coût exorbitant mais, en retour, une très haute valeur informative. Sauf pour Laurent : sa tumeur parvient toujours à se planquer des prouesses de la technologie…

Au cours de son séjour à l'hôpital, Laurent apprend qu'il va devoir se faire des piqûres d'anticoagulant, chaque jour, jusqu'à la fin du traitement. La faute à la chimio et au cancer : tous deux entraînent une modification de la coagulation du sang. D'où l'embolie pulmonaire… La piqûre quotidienne ? Une épreuve de plus pour moi… Je m'en veux de présenter les choses ainsi mais il se passe que j'ai la phobie des aiguilles. Laurent le sait et il aurait plutôt tendance à trouver ludique de m'appeler au moment d'accomplir ce geste qui moi, me révulse ! Je râle. Il rigole. Il nous arrivera d'être dans la voiture à l'heure de la piquouse, lui sur la banquette arrière, moi au volant. Seringue, aiguille et vlan ! Pas question de stopper la voiture. Pas question de retarder l'entourage. Pas question d'importuner les autres. Le seul besoin qu'éprouvait Laurent, c'était de montrer qu'il n'avait besoin de personne…

Une attitude qui pouvait nous conduire à vivre des instants pénibles, comme celui de sa dernière piqûre. Il est alors plus faible que jamais, il ne parle déjà plus. Assis au bord de son lit d'hôpital, dans une blouse bleue qu'il n'a pas eu la force de fermer, je le vois préparer sa seringue. Mais déjà, son regard se voile, ses yeux l'abandonnent, ses gestes se font imprécis. J'appelle l'infirmière. Laurent laisse échapper le coton imbibé d'alcool. Je me baisse pour le ramasser. L'infirmière déboule. Je me relève. Trop tard : Laurent a trouvé le moyen de se planter l'aiguille dans la cuisse. De travers, n'importe comment. Vite fait, mal fait. Mais fait quand même, tout seul, sans aide, en catimini. Fidèle à lui-même. Jusqu'au bout.

En toute circonstance, il exprimait un refus inconscient d'être épaulé. A croire qu'il ne s'en sentait pas digne… Faut-il voir là les effets d'une blessure narcissique liée à des carences affectives ? Ou la preuve d'une masculinité qu'il revendiquait volontiers et dont il se faisait une idée précise ? Toujours est-il que quiconque se permettait un conseil prenait le risque de passer pour un agresseur et que l'homme aurait vécu comme une capitulation honteuse d'en être réduit à demander de l'aide. Cela faisait de Laurent un homme en phase avec l'air du temps qui balaye notre société où le moi tout-puissant est régulièrement valorisé. Il était d'autant plus imprégné de tout cela qu'il avait accompli jadis, sur son vélo, nombre d'exploits solitaires.

Après six jours d'hospitalisation, Laurent est momentanément libéré des obligations médicales… On a même l'autorisation de prendre quelques jours de vacances. Nous voilà pris de court : où aller ? Aucune idée. Je m'aperçois que le cancer nous a imposé de vivre au jour le jour. Il décide de tout, des périodes d'asservissement comme des plages de répit. Mais d'abord, a-t-on vraiment envie d'aller quelque part ? Et avec qui ? Nous sommes au mois d'août, tout le monde a déjà mis les voiles… Il me paraît loin le temps des voyages au soleil, à l'île Maurice ou à Bali, en Afrique du Sud, en République dominicaine ou au Maroc où par deux fois, nous avions répondu à l'invitation de Mohamed VI. Grand golfeur, le roi avait confié à une agence française le soin de lui soumettre une liste d'ex-sportifs de haut niveau sachant golfer. Ensuite, à charge pour Sa Majesté de valider ou non l'invitation... Laurent avait été sélectionné à deux reprises et nous avions pu jouir de ce sens de l'hospitalité qui fait la réputation du Maroc.

A présent, nous nous préparons à passer nos premières vacances estivales à la maison lorsqu'un couple d'amis nous propose de les retrouver à Evian. C'est l'occasion de renouer avec certains plaisirs simples de la vie quotidienne, comme celui de faire sa valise dans la perspective de quelques jours agréables, comme celui de décider de s'offrir un trois-étoiles sur un coup de tête. Car sur la route d'Evian, nous faisons escale à Saulieu, chez Bernard Loiseau. Son enseigne lui a survécu. Je ne peux m'empêcher de penser au destin de cet immense cuisinier qui a décidé de mettre fin à ses jours alors qu'il avait à peine dépassé la cinquantaine. De quoi méditer sur l'absurdité de l'existence, entre les vies gâchées et celles que l'on s'efforce de prolonger... Sa veuve nous reçoit avec les honneurs. Et un, et deux, et trois desserts ! Parce que c'est nous ! Laurent est de bonne humeur. Visiblement heureux d'avoir quitté Paris et de se trouver là, dans la campagne française, à la plus belle table bourguignonne, il plaisante avec le maître d'hôtel. Le lendemain, après un passage à la boutique du restaurant, nous retrouvons comme prévu Muriel et Denis Naegelen à l'hôtel Royal d'Evian.

Muriel et Denis sont plus que des amis. Des exemples. Qui mieux qu'eux peut comprendre ce que nous vivons ? Ancien sportif de haut niveau, joueur professionnel de tennis, Denis a eu raison d'une tumeur au cerveau. Il a enduré dix-huit mois de traitements et de galères qui l'ont fait passer par l'opération de la dernière chance. Une autogreffe. Cet épisode l'a anéanti, mis au fond du trou, avant qu'il en ressorte, non sans certaines séquelles mais avec un appétit de vivre qui force l'admiration et nous gorge d'espoir, Laurent et moi. Certes, l'épreuve a transformé Denis, physiquement et moralement. Le chef d'entreprise au caractère bien trempé, un rien macho, alerte et volubile, a mué en personnage plus prévenant, que nimbe un perpétuel air de mélancolie. L'homme est plus doux, moins charpenté. Il a perdu ses cheveux, semble avoir pris trente ans mais a conservé l'essentiel : la vie ! Et s'il arrive que l'équilibre, au sens propre, lui fasse défaut, il peut se targuer d'en avoir trouvé un, personnel, où la générosité et la vie de famille s'expriment à plein.

Denis aime à se présenter comme un survivant et s'il doit forcément beaucoup à la médecine, il peut aussi être fier du chemin parcouru depuis sa greffe. L'homme qui a entamé sa seconde vie en se plaignant de la lumière parce qu'elle lui fait mal aux yeux, en maugréant contre le bruit qui lui fait mal à la tête est là devant nous, motivant, au côté d'une épouse elle aussi exemplaire parce qu'elle a été là, tout simplement… Nous tenons la preuve que tout est possible. Sous le soleil d'Evian, le plus beau des sourires aux lèvres, un couple, par sa seule présence, semble nous dire que Laurent s'en sortira.

— Non mais tu as vu dans quel état était Denis et comment il s'en est sorti ? répète Laurent.

Et, par ailleurs convaincu que son cancer est beaucoup moins grave que celui qui a failli terrasser notre ami, il ajoute :

— Je ne peux pas mourir, Denis s'en est sorti donc moi, ça va aller.

Oui, Denis s'en était sorti, après que nous l'eûmes vu mourant, après que nous l'eûmes vu mourir, après que nous eûmes assisté à sa résurrection, après que ses efforts nous eurent subjugués.

Avec Laurent, il parle. Beaucoup. Et les discussions sont d'autant plus longues que Muriel et moi n'y participons pas. Denis évoque ses tumeurs au cerveau qui se sont résorbées. Dès lors, pourquoi Laurent ne s'en sortirait-il pas ? Tous deux échangent sur le thème du combat. Se battre, encore et toujours, même si l'adversaire est invisible. Et puis avoir confiance, confiance en soi, confiance en la médecine et son personnel soignant, tout comme les deux sportifs de haut niveau qu'ils avaient été avaient fait confiance, jadis, à leurs entraîneurs réciproques. Même s'ils ne comprenaient pas toujours…

Trouver la force d'y croire, se raccrocher au moindre signe encourageant : se battre contre le cancer impose d'adopter la *positive attitude* car la maladie, elle, ne manque pas une occasion de se manifester avec cruauté. Plus facile à dire qu'à faire. Etre positif, c'est essayer de vivre comme avant, se réserver des moments à soi, ne penser qu'à la guérison. J'ai un mal fou à me mettre dans ces dispositions d'esprit. Car c'est toujours au moment où l'on s'y attend le moins que le cancer nous informe qu'il gagne du terrain. A Evian, nous avons pu éprouver la chose à trois reprises.

La première fois, je me trouve dans la salle de sport de l'hôtel, en pleine séance de vélo, lorsque je vois débarquer Laurent. Lui aussi entend pédaler. Et vous imaginez qu'il sait faire… Sauf qu'au bout de dix minutes, son tee-shirt kaki a viré au noir. Il est trempé, éreinté. Lui, si endurant, préfère laisser tomber. La chimiothérapie lui coupe les jambes. Et c'est presque humilié qu'il quitte les lieux, sans mot dire.

La deuxième fois, il entame une partie de golf qu'il ne terminera jamais pour cause de douleur dorsale. Mais ce « mal de dos » est tout sauf un simple mal de dos : c'est le cancer qui s'exprime.

La troisième fois, Laurent est allongé sur le lit. Son portable sonne. Il est posé sur la table de nuit. Laurent effectue une torsion pour l'attraper. Il n'achèvera pas son geste. Un bruit sec. Comme une branche qui se rompt. Laurent a mal. Il s'est cassé une côte. Nous voulons croire que c'est une fracture de fatigue. Nous apprendrons plus tard que c'est une métastase osseuse qui a fait céder la côte. Naïveté ? Refus de la réalité ? La maladie nous envoie des signaux de plus en plus clairs, de plus en plus fréquents : elle est plus que jamais installée dans le corps de Laurent. Mais qu'importe, *positive attitude*, encore et toujours ! 12 août : c'est l'anniversaire de Laurent. Quarante-neuf ans. Je loue un bateau pour une promenade de deux heures sur le lac. Nos amis sont là. Champagne… On trinque. Même si son œil bleu n'a plus le même éclat, Laurent sourit. Mais il ne rit pas. Ça lui ferait mal aux côtes…

*

Michel Cymes : « On ne se comprend bien qu'entre initiés. »

Deux choses retiennent mon attention dans la description que Valérie fait de ces courtes vacances à Evian : elle évoque les longues discussions entre hommes, quasi systématiquement à l'abri des oreilles féminines, et le changement de personnalité de Denis, l'ami, l'exemple, celui qui a vaincu une tumeur au cerveau.

Ces échanges, entre Denis et Laurent, sont révélateurs d'un besoin qui s'exprime couramment dans la communauté des cancéreux ou ex-cancéreux et qui consiste à se livrer à un comparatif de leurs misères respectives, présentes ou passées. Ce sont souvent les mêmes questions qui reviennent. Quelle est la taille de ta tumeur ? C'est quoi ton cancer ? Quel type de traitement suis-tu ? A quels examens as-tu eu droit ? A l'empathie qui s'exprime ainsi, se mêle évidemment le besoin d'évaluer la gravité de son propre cas…

Le cancéreux a très tôt conscience d'une chose : on ne se comprend qu'entre initiés. Seul celui qui vit ce que je vis est apte à comprendre ce dont je lui parle ! Cette connivence réconforte : à deux, on est moins seul et surtout, on se sent moins dans l'injustice. Car la question qui, sempiternellement, hante le malade tient en deux mots : « Pourquoi moi ? » Pour autant, il n'y a pas de règle et chacun agit en fonction de ses besoins ou des circonstances. Certains malades préfèrent fuir ce type de rencontre où l'effet miroir, avec ce qu'il peut avoir d'angoissant, est garanti… Pas question pour eux de parler à un autre cancéreux.

Encore moins d'adhérer à une association en cas de guérison. Question de caractère…

Plus systématique est le changement de personnalité du malade devenu ex-malade. Concernant Denis, Valérie évoque un homme qui a gagné en douceur et a redirigé son attention sur la famille. Cela relève de l'évidence comportementale. Quiconque croise le cancer prend conscience de la futilité de certaines choses et de l'importance de certaines autres. Le cancer vous ramène à l'essentiel. On en ressort comme on revient de captivité : transformé. On pourrait comparer le cancéreux et l'otage : tous deux sont victimes de l'arbitraire, en ont conscience, se sentent pris au piège, frôlent la mort… On ne sort pas indemne de telles expériences. Ils abondent, les exemples d'otages extraits du trou et devenus méconnaissables pour leurs proches. Les plus agités hier font l'éloge de la lenteur, les plus égocentriques ne jurent plus que par la collectivité ; il arrive même que les plus athées deviennent mystiques. Jamais otage qui revient ne ressemble à celui qui s'est absenté.

Diagnostic : neuf mois de gestation…

En vérité, la vérité, il n'y a pas de vérité.
Jean-Claude VAN DAMME

Retour d'Evian. Aujourd'hui encore, je repense à ces vacances comme à quelques jours de plaisirs tristes arrachés à la fatalité, en dépit du soutien, précieux et revigorant, de Muriel et Denis. Le cancer exige que l'on se préoccupe de lui en permanence. Lui ne prend jamais de vacances et toute tentative de lui échapper, de le nier, de l'oublier, ne serait-ce que quelques jours, se paie cash. Suis-je vaguement consciente de cette évidence ? Faut-il y voir les effets d'une forme de culpabilité ? Un besoin de compensation après quelques jours de pseudo-évasion ? Toujours est-il que je rentre à Paris remontée comme deux pendules, pressée d'agir, impatiente de repartir au combat, de trouver des responsables et de communiquer cette énergie à Laurent dont j'ai parfois l'impression qu'il meurt à petit feu sans que tout soit tenté pour inverser le cours des choses. Mon agacement et mon impatience s'expriment essentiellement à l'encontre des médecins. J'ai de plus en plus de mal à évoquer leur comportement avec calme et, à tort ou à raison, je verse volontiers dans l'excès à leur propos. Je suis convaincue qu'ils se foutent de nous, qu'ils ne font que survoler le dossier. Je ne dis pas qu'il y a préméditation mais je sens comme une forme de désintérêt de leur part. A moins qu'ils fassent preuve d'une extrême prudence en raison de la renommée de leur patient dont la presse, à échéance régulière, prend des nouvelles. En attendant, m'entendre répéter à longueur de rendez-vous qu'il est toujours impossible de savoir précisément ce qu'a Laurent m'est devenu insupportable. Un cancer, oui, mais de quoi ? L'estomac ? Le pancréas ? Autre chose ? Un cancer de quoi bordel ! Est-il concevable que les médecins ne traitent que les métastases sans connaître l'origine du mal ? Pourquoi ne reprendraient-ils pas le dossier depuis le début ? Cette question m'a souvent tarabustée et je l'évoque aujourd'hui avec d'autant plus de ressentiment qu'un jour, bien plus tard, un médecin a confié à Laurent qu'effectivement, il aurait fallu reprendre le dossier à zéro. L'occasion de le faire s'est d'ailleurs présentée quand Laurent a changé d'hôpital. Des « sommités » l'ont confié à d'autres « sommités ». Mais là, rien. Ça n'a pas fait avancer le schmilblick. Et surtout, il n'a jamais été question de remettre le dossier à plat, ce qui aurait sans doute évité certains atermoiements et l'administration de produits non adaptés qui n'avaient jusque-là réussi qu'à bousiller le système nerveux de Laurent : il était désormais incapable de tenir correctement un stylo, de lacer ses chaussures avec la dextérité que je lui avais connue et sentait à peine le contact des mains qu'à l'occasion, il lui arrivait de serrer… J'enrage. Laurent, étonnamment calme, répète à l'envi qu'il faut faire confiance à la médecine et je le retrouve en partie dans cette attitude. Car sa fierté et son ego, maintes fois évoqués au long de ses pages, ne lui ont jamais ôté de l'esprit que l'efficacité collective exige que chacun soit à sa place, assume son rôle et respecte celui d'autrui. Laurent est d'autant plus imprégné de cette manière de penser que depuis des années, il prêche cette bonne parole auprès des managers : il appartient en effet à cette catégorie de sportifs à la retraite dont les grandes entreprises rémunèrent les conférences sur des thèmes comme l'esprit d'équipe, la motivation, le leadership, le partage… Quel que soit le projet, quel que soit le but poursuivi, il convient d'optimiser les compétences de chacun, d'assurer un minimum de cohésion, de valoriser la complémentarité. Cent fois, mille fois, il a tenu ce discours inspiré de son riche passé de sportif. Et tant pis si au quotidien, il peut lui arriver, pour des broutilles, d'agir en contradiction avec lui-même !

Une chose est sûre, son attitude à la limite de l'obséquiosité vis-à-vis des médecins, contraste avec la mienne, explosive. Au moins nous accordons-nous sur un point : celui de ne plus répondre à la famille ou aux amis, dont les appels se soldent immanquablement par le même échange stérile :

— Comment va Laurent ?

— Pas terrible.

— Il a quoi ?

— On ne sait toujours pas.

Après avoir espéré en la médecine, je lui trouve tous les défauts. J'accompagne Laurent chez l'oncologue. L'homme me paraît jeune, extraordinairement timide. J'en suis encore à me demander si on ne lui a pas arraché la langue lorsque je perçois enfin le son de sa voix. Un filet de voix. Il faut tendre l'oreille pour le comprendre. Il parle lentement et doucement, s'applique à détacher les mots. C'est à se demander s'il n'essaye pas de meubler parce qu'il n'a rien à dire. A moins qu'il ait trop à dire et qu'il préfère éluder, qu'il cherche à faire diversion… Je le revois, mon oncologue, troublé, embarrassé. A-t-il compris que Laurent ne s'en sortirait pas ?

En tout cas, il n'a pas de bonne nouvelle à nous donner. Et encore, à condition qu'on lui tire les vers du nez ! C'est Laurent qui, timidement, lui demande si le traitement fonctionne. L'oncologue baisse les yeux et finit par lâcher :

— Non.

Je suis convaincue que si la question n'avait pas été posée, nous n'aurions rien su ! Nous n'aurions pas su que les ganglions, après avoir diminué de 17 %, avaient repris leur taille normale. Nous n'aurions pas su que le cancer nous offrait un petit supplément sous la forme de métastases osseuses.

Laurent :

— Combien reste-t-il de traitements à essayer ?

— La moitié.

— Et après on fait quoi ?

— Je ne sais pas, monsieur Fignon…

Là où nous attendions un discours carré, des conseils avisés, des certitudes médicales, des démonstrations savantes, nous devons nous contenter de bribes d'explications d'un homme qui dit ne pas savoir. Ou fait semblant. On ne saura jamais. Mais ce que je retiens de tout ça, c'est un profond mélange de confusion, de non-dits, de cachotteries. Sur le visage de Laurent, quelques larmes traduisent ce malaise. L'oncologue lui tend un mouchoir en papier. Magnifique geste ! Très élégant ! Sur ce coup-là, il a été parfait...

Je repars à l'assaut :

— Que faut-il penser des traitements américains ? Les Etats-Unis sont-ils plus avancés que la France ?

L'oncologue douche mon enthousiasme : il ne sait pas trop, il ne peut pas se prononcer. Il lâche un « Pourquoi pas » mais en reste là...

J'en remets une couche :

— Et le traitement à base de cartilage de requin ? Il paraît qu'il permet de diminuer la taille des tumeurs.

Je lui explique ce qu'il sait sans doute déjà, à savoir que le requin est le seul animal qui ne développe pas le cancer, a priori. Je lui raconte l'histoire du père de l'une de mes amies qui avait un cancer non opérable et qui, brusquement, a vu toutes ses tumeurs disparaître grâce au traitement en question.

Il n'a pas trop d'avis sur la question.

J'essaie de l'embarquer sur la piste des traitements parallèles : l'acupuncture, la méditation...

Peine perdue, il ne sait pas me répondre.

Sans doute ce foisonnement de pistes et de questions n'est-il que le reflet de mon impuissance, de ma peur. Mais j'aurais tant voulu que l'oncologue se saisisse de chacune d'entre elles, rebondisse dessus, fût-ce pour me refroidir... Il n'en a rien été. Pas d'avis, rien à dire...

J'aurais fait n'importe quoi pour sauver Laurent : gravi des Everest, traversé des déserts, affronté des armées, combattu des monstres. Mais pour l'heure, il est question de traverser un océan. L'océan Atlantique. Cela fait un moment que j'y pense et il serait peut-être temps d'agir... Je téléphone à notre ami Alain Gallopin qui, en 2009, est directeur sportif de l'équipe cycliste de Lance Armstrong. Objectif : rencontrer de grands spécialistes d'outre-Atlantique. Après tout, n'ont-ils pas guéri Lance ? Le cycliste américain est revenu d'un cancer des testicules. Il est passé par une ablation, on lui a même opéré le cerveau, mais il s'en est sorti. C'était il y a près de quinze ans ! Dans mon esprit, aucune piste ne doit être écartée, tout mérite d'être tenté. Et j'entends bien relancer une idée émise quelque mois auparavant par Lance Armstrong en personne. C'était à Monaco, la veille du départ du Tour de France 2009. Lance avait demandé à Gallo d'organiser une entrevue avec Laurent au prétexte qu'il avait « des choses à lui dire ». Le trio s'était retrouvé dans un hôtel où, pendant une heure, Lance avait tenu à faire partager à Laurent son expérience de la maladie :

— J'ai été sauvé par un traitement expérimental. C'était un essai et ça a fonctionné. Si les médecins te proposent quelque chose, fais-le avec conviction ! avait-il conseillé à Laurent comme s'il avait voulu le coacher.

L'Américain se disait prêt à mettre son réseau à la disposition de Laurent, qui avait décliné non sans l'avoir remercié pour sa démarche.

Bien entendu, mes petits projets américains s'échafaudent dans le dos de Laurent que je sais réticent. Les rares fois où je lui ai parlé des Etats-Unis ou que j'ai évoqué la proposition d'Armstrong, il m'a fait comprendre que ce n'était pas la peine d'insister, que les Français n'avaient rien à envier aux Américains. Aussi, l'idée, c'est de mettre Laurent devant le fait accompli, de le pousser dans un avion et, au besoin, d'attendre que l'engin ait décollé pour lui expliquer le but du voyage ! Lui demander son avis, c'est à coup sûr s'exposer à un refus tant il supporte mal que l'on prenne les décisions à sa place. Laurent va râler ? Eh bien qu'il râle ! Ce ne sera ni la première, ni la dernière fois. A la limite, quand il râle, il m'enchante : cela veut dire qu'il va mieux ! Alain Gallopin et moi sommes d'accord : il faut aider Laurent.

Donc c'est décidé, nous traverserons l'Atlantique ! Mais quand ? Vu l'état physique de Laurent, lui infliger huit heures de vol relève de la punition. Il faut attendre qu'il aille mieux pour tenter le voyage. Il lui faut terminer le dernier protocole de chimio programmé par les médecins. Un protocole comporte plusieurs cycles de trois semaines entre lesquels j'entrevois des « fenêtres de tir » de quatre ou cinq jours pendant lesquelles Laurent se sent à peu près bien. Mais cinq jours, c'est court pour entreprendre quelque chose, surtout quand on ne dispose pas de l'assentiment du patient, lequel patient a des idées bien arrêtées sur son emploi du temps. Quand il va bien, Laurent en profite en effet pour caler des rendez-vous professionnels ou prévoir une escapade. Il apprécie particulièrement les week-ends à Mollégès, village situé au nord des Alpilles, dans le triangle d'or de la Provence. Nous y sommes systématiquement les bienvenus chez l'ex-tennisman Dominique Bedel et son épouse Catherine, dont le mas fait l'admiration de Laurent. Il s'y sent en paix. Le lieu le transforme. Lui qui n'a jamais été porté sur la famille ne manque pas une occasion de vanter les mérites de la tribu Bedel pour laquelle il a une tendresse particulière. Il en apprécie les rires, les engueulades, les va-et-vient des uns et des autres, pères, mères, enfants, neveux, nièces, cousins, cousines, grand-mère, amis, tous mélangés, tous impliqués dans un brouhaha plaisant qui ne s'éteint jamais. Les côtoyer, c'est pour Laurent un émerveillement sans cesse renouvelé, jamais décevant.

Comment le convaincre ? A vrai dire, nous n'avons finalement jamais eu à nous y employer. Ce sont les événements qui se sont chargés de faire mûrir l'idée.

Deux événements.

Le premier survint à l'hôpital. Laurent y avait été mis en contact avec une sommité qui n'a pas que des amis dans le milieu médical, mais bon… On nous avait d'ailleurs parlé de ce Grand Docteur pour nous mettre en garde contre son dilettantisme, supposé ou réel. Nous n'avions pas prêté attention, jusqu'à ce qu'un ami commun supplie Laurent d'aller le voir. Laurent se laissa convaincre. Je conserve un souvenir assez précis du récit qu'il me fit de ce rendez-vous dont il sortit écœuré. Passe encore que Laurent ait poireauté pendant une heure et demie avant d'être reçu, alors qu'il était à bout de forces. C'est plutôt ce qui se passa ce jour-là dans le secret du cabinet médical qui mérite d'être conté. Très vite, avec une assurance à nulle autre pareille, le Grand Docteur proposa à Laurent d'essayer un premier traitement.

— Mais j'ai déjà essayé ce traitement, lui dit Laurent.

Pas perturbé pour un euro, le Grand Docteur revint à la charge en lui proposant un second traitement.

— Mais ça aussi je l'ai fait, répéta Laurent qui, incrédule, s'aperçut que le Grand Docteur faisait mine de connaître sur le bout des neurones un dossier médical qu'il n'avait d'évidence jamais ouvert.

Ce jour-là plus que jamais, Laurent sentit qu'il était seul. Pour la première fois depuis le début de son calvaire, il douta de la conscience professionnelle de son interlocuteur dont, une fois rentré à la maison, éreinté et furieux d'avoir perdu son temps, il fustigea la légèreté.

Mais en la matière, nous allions franchir un palier supplémentaire…

Le second épisode, Laurent va le vivre au terme d'un énième scanner. Sur le document censé détecter la présence éventuelle d'une tumeur, il aperçoit une tache. Elle est située sur son poumon. Il s'enquiert de sa signification auprès d'un médecin. Réponse ferme :

— Rien de spécial, dit le médecin.

Sur le coup, Laurent n'insiste pas. Il n'en demeure pas moins tracassé. Sixième sens ? Entêtement ? Le soir même, à l'ami Gallopin venu lui rendre visite et qui se remémore parfaitement la scène, il soumet le document qui l'intrigue :

— Regarde mon vieux Alain ! Regarde, là ! Je suis pas con quand même, il y a bien quelque chose, là, sur mon poumon ! Le médecin dit que ce n'est rien, c'est quand même bizarre… Faut qu'on m'explique… Si ça se trouve, j'ai un cancer du poumon.

Dans la soirée, c'est mon tour : je me retrouve avec l'image sous les yeux. Je vois la tache noire. Elle ne fait certes que quelques millimètres mais elle est bel et bien là ! Un enfant de cinq ans la repérerait… Mais le médecin a dit de ne pas s'inquiéter, alors…

Quelques jours plus tard, alors que 2010 n'en est qu'à ses balbutiements, j'assiste à la traditionnelle cérémonie des vœux de mon entreprise. Tout le personnel est réuni dans l'est de Paris, à la Cité des sciences de la Villette pour écouter le président qui nous la souhaite bien bonne tout en prévenant que les-chiffres-ne-sont-pas-très-bons-et-qu'il-nous-faudra-donc-travailler-encore-plus ; le discours habituel en somme… A l'heure de l'apéro, mon téléphone sonne. C'est Laurent.

— Chérie, ça y est les médecins sont formels, j'ai un cancer du poumon, j'avais raison !

— …

— Maintenant on va pouvoir cibler les traitements et le soigner.

Je suis stupéfaite, je repense à la tache noire, je ne vois qu'elle. Laurent, lui, fait des sauts de cabri au téléphone, comme si on venait de lui annoncer une bonne nouvelle. Il y a quelque chose de surréaliste à l'entendre, presque enjoué, me parler de son cancer du poumon ! A la réflexion, cela donne la mesure de ce qu'a pu représenter notre attente : neuf mois, pour parvenir – enfin ! – à mettre un nom sur sa maladie, ses douleurs, sa déliquescence physique. Neuf mois ! Le temps d'une gestation ! Le temps habituel pour un heureux événement ! Et le pire, c'est que c'en est presque un ! Cette fois, on sait ! On sait que c'est le poumon ! Un cancer du poumon : il y a de quoi se flinguer mais Laurent est tout heureux. Cela fait des mois qu'on lui conseille de se battre, cela fait des mois qu'il dit qu'il va, qu'il veut se battre, mais cela fait des mois que les choses lui paraissent abstraites. Se battre contre qui ? Se battre contre quoi ? Tant que nous ne connaissions pas le cancer primitif, cela relevait presque de la gesticulation. Comment se battre quand l'adversaire n'existe pas ou du moins, est invisible ? Cette fois, il est localisé. Le combat prend tout son sens. Le simple fait d'avoir trouvé l'origine du mal résonne pour nous comme une victoire que nous aurions évidemment tort de croire décisive ou définitive car au fond de moi, une petite voix me dit « Et alors ? ». Le poumon, c'est a priori moins grave que le pancréas mais c'est grave quand même. Je ne comprends pas trop la réaction de Laurent même si, au téléphone, j'ai joué le jeu. Il est content mais moi, honnêtement, j'ai du mal à me réjouir.

Je raccroche, dégoulinante de larmes. Je file vers les toilettes. Au passage, je croise le regard d'une collègue, Sylvie. Elle a compris que le coup de téléphone avait un rapport avec Laurent. Elle vient à moi, m'étreint. Elle sait. Elle comprend. Mieux que quiconque : elle vient, elle aussi, de raccrocher. Son frère. Il est condamné. Elle vient de l'apprendre. Cancer. Le même cancer. Ahurissante coïncidence. Nos larmes se mêlent, nos peines se conjuguent, nous ravalons le tout et regagnons notre table et le brouhaha des apparences.

Le double épisode du Grand Docteur qui zappe la lecture pourtant indispensable du dossier médical et de la petite tache noire qui échappe aux yeux les plus expérimentés a donné un sens à notre projet américain qu'en cachette de Laurent, Alain Gallopin et moi-même avons continué à préparer. Il fallait ruser. Laurent voyait bien que quelque chose se tramait dans son dos. Je lui posais des questions inhabituellement précises sur son emploi du temps. Quand Alain m'appelait, je changeais de pièce. Et puis un jour, Laurent a crevé l'abcès :

— Qu'est-ce que vous manigancez dans mon dos ? Je n'aime pas ça, je suis assez grand pour prendre une décision.

Je lui explique notre démarche :

— On fait ça parce qu'on t'aime, Laurent. On fait ça parce qu'on ne veut pas te laisser dans cet état. On a envie de mettre toutes les chances de ton côté. S'il existe un traitement expérimental là-bas, il ne faut pas passer à côté. C'est ni plus ni moins que ça, Laurent. On t'aime, c'est tout.

A présent, Laurent nous reprochait de ne pas lui avoir clairement parlé du projet. Sa colère, molle, s'étiola dans un sourire et je crois qu'au fond de lui, il était de plus en plus content que l'on prenne des initiatives pour lui, car il n'en avait plus la force. Le lendemain, nous achetions des billets d'avion pour New York.

*

Michel Cymes : « Le temps médical n'est pas celui du patient. »

Je comprends la colère de Valérie. Laurent se meurt sous ses yeux et les médecins semblent laisser faire. En vérité, il n'en est rien. La relation patient-médecin consiste souvent à accommoder deux notions incompatibles : le facteur temps du patient et le facteur temps du médecin. Pour le patient, un leitmotiv : tout, tout de suite ! Il voudrait voir le médecin tous les jours, avoir son scanner quotidien. Au demeurant, c'est compréhensible : sa vie est en jeu, il se sent unique. Le médecin, lui, obéit au temps médical et traite plusieurs patients. Il sait ce que coûte un scanner, financièrement et en termes d'irradiations toxiques... Il a appris qu'une tumeur peut mettre des semaines à apparaître. Des semaines scientifiques pour lui, des semaines d'angoisse pour le patient...

Laurent avait un mauvais cancer. Et il y a fort à parier que son oncologue, dont Valérie a perçu le trouble, l'avait compris. Mais que vouliez-vous qu'il fît ? Qu'il dise que Laurent était condamné ? Que les traitements étaient inefficaces ?

Les médecins n'aiment pas ne plus pouvoir faire quelque chose pour un patient. Alors, ils disent qu'on va voir, ils temporisent, affichent une forme de réserve, au risque d'agacer. Il faut reconnaître au médecin le droit de dire qu'il ne sait pas. Même s'il sait...

Plus troublant semble l'épisode du diagnostic du cancer du poumon. L'histoire, telle que la raconte Valérie, donne l'impression que c'est Laurent qui a alerté son médecin après avoir repéré une tache suspecte et n'en avoir pas démordu, malgré les propos « rassurants » du corps médical.

Première hypothèse : le médecin avait identifié le cancer du poumon. Dans ce cas, il n'a pas jugé opportun de vendre la mèche, pour ne pas inquiéter davantage un patient qu'il savait perdu. Les ganglions, la côte cassée, c'était déjà bien assez…

Seconde hypothèse : le médecin est passé à côté du diagnostic. Cela peut, hélas !, arriver… Voilà pourquoi je conseille souvent à mes patients de prendre un second avis auprès d'un confrère. Et ce, quel que soit le degré d'évolution de la maladie. Ils en ont le droit, tout comme j'ai le devoir de le leur proposer. Car je peux très bien ne plus avoir le recul nécessaire pour étudier un dossier – même si j'ai l'impression de l'avoir consulté régulièrement pendant des mois voire des années – et passer à côté d'un diagnostic.

Je n'ignore pas que certains médecins prennent mal que le patient veuille solliciter un autre avis que le leur. C'est inadmissible. Cela conduit d'ailleurs certains à agir dans leur dos. Combien de fois ai-je vu des patients débarquer en consultation, visiblement stressés :

— Docteur, je viens vous voir mais mon médecin ne le sait pas !

En général, le patient en question n'a qu'un dossier incomplet à me soumettre. Je m'étonne alors de l'absence de tel ou tel document tout en sachant ce qu'on va me répondre :

— Docteur, je me vois mal le demander à mon médecin, il risque de mal le prendre !

L'impression d'être en faute, de travailler dans la clandestinité… Comment remplir sérieusement sa mission quand il manque une radio, un scanner, un compte rendu opératoire ou les trois ? Comment se prononcer sereinement s'il est impossible d'échanger avec un confrère pour cause d'ego surdimensionné ? Les patients doivent savoir que leur dossier médical leur appartient. Ils peuvent y avoir accès à tout moment et, s'ils le souhaitent, en obtenir une copie. La loi le leur garantit.

Deux avis valent toujours mieux qu'un. Imaginons un patient qui souffre d'un cancer du côlon situé très bas. Son médecin lui proposera sans doute d'enlever une large partie du côlon pour aller très au large de la tumeur. Avantage ? Un risque de récidive fortement réduit. Inconvénient ? La pose d'un anus artificiel qui implique d'avoir en permanence avec soi une poche pour l'évacuation des selles. Ce patient doit exiger un second avis ! Peut-être lui proposera-t-on de conserver les voies naturelles en n'enlevant qu'une petite partie du côlon. La contrepartie ? Un risque de récidive plus important. Au patient de choisir, d'entendre ce que chaque médecin, en fonction de sa sensibilité, de son appréciation du dossier médical et de son savoir-faire, a à lui dire. Le patient doit rester maître, en toutes circonstances.

Difficile, au regard de la complexité des situations, d'attribuer bons et mauvais points… Dans ce genre d'affaire, tout le monde a raison même si personne ne peut prétendre être juste… Laurent a raison de dire qu'il faut faire confiance à la médecine, l'oncologue a raison de ne pas vouloir en rajouter, Valérie a raison de regretter que le dossier n'ait pas été repris à zéro plus tôt. Rien ne dit qu'on aurait trouvé la tumeur initiale plus rapidement et que le pronostic en aurait été modifié. Mais un regard neuf, c'est vrai, est toujours précieux.

American dream…

La raison se compose de vérités qu'il faut dire et de vérités qu'il faut taire.

RIVAROL

New York ! En général, l'énoncé de ce nom résonne comme une fête. Cette ville est à nulle autre pareille et quiconque y met les pieds en revient agréablement hébété, avec une vision plus claire de ce à quoi peut ressembler la synthèse de la frénésie et du gigantisme.

New York : Laurent n'en est pas à son premier séjour sur place ; moi non plus. Mais pour la première fois, nous y allons ensemble. Ce voyage est tout sauf un voyage d'agrément. Cependant, entre deux rendez-vous médicaux, nous avons bien l'intention de profiter de la ville.

New York, embarquement immédiat : nous apprenons au dernier moment que nous allons survoler l'Atlantique à bord d'un Airbus A380. Laurent en est tout émoustillé, comme un gosse auquel on promet un gros jouet flambant neuf. Pour la première fois de notre vie, nous avons fait jouer nos relations pour obtenir un surclassement. Le confort de la classe business n'a d'autre intérêt que de permettre à Laurent de se reposer. D'ailleurs, il ne fera que ça, six heures de sommeil pour six heures de vol, zappant le repas pour s'écrouler sur son siège en position allongée, grelottant, les mains gantées et un bonnet sur la tête. Quel dommage ! Nous avons accès à une forme de luxe mais quelque chose nous empêche d'en profiter. Et ce quelque chose, nous savons ce que c'est. Ce quelque chose, c'est la raison de notre présence dans l'avion. Ce quelque chose, c'est le cancer.

A vrai dire, notre destination est moins New York que le MSKCC, sigle derrière lequel se cache le *Memorial Sloan-Kettering Cancer Center*, le centre de traitement et de recherche le plus important des Etats-Unis.

Nous y avons deux rendez-vous. Le premier pour un PET-scan (technique d'imagerie médicale destinée à localiser avec précision les cellules tumorales) ; le second avec un grand spécialiste du cancer du poumon dont on attend qu'il confirme ou infirme ce que viennent de découvrir les médecins français. Et si en plus il a un traitement expérimental à proposer, on est preneurs… A vrai dire, c'est surtout pour cela que nous avons fait le voyage. Et même si nous n'avons aucune preuve de la supériorité des Américains sur les Français, nous avons tellement entendu dire que les premiers avaient souvent de l'avance sur les seconds que nous espérons gagner du temps. J'ai dans l'esprit, à tort ou à raison, cette idée selon laquelle les Américains disposent de traitements expérimentaux auxquels les Français n'accèdent qu'un ou deux ans plus tard. Et Laurent a déjà assez perdu de temps…

Sur place, le comité d'accueil a de la tenue ! Lance Armstrong nous a mis en relation avec l'un de ses amis, Daniel Boulud, un restaurateur français qui s'est installé à New York : il est à la tête de plusieurs restaurants, dont un étoilé, qui ne désemplissent pas. Il nous invitera dans trois d'entre eux.

— Bonjour Laurent, allez, on s'embrasse ! dit-il lors de notre première rencontre.

Tutoiement direct, simplicité, cordialité, ça nous va ! La cinquantaine souriante, Daniel est dingue de vélo et connaît la carrière de Laurent par cœur. Son épouse, Micky, fait également son possible pour nous faciliter la vie. Elle est suisse. Elle pétille, fait preuve d'une malice qui nous amuse :

— Ça ne vous dérange pas si je mange un truc bien américain, gras, plein de sauce, style hamburger ? Non parce que j'en ai envie mais surtout, vous ne dites rien à mon mari, hein... Il aime pas... Je fais ça en cachette de temps en temps parce que j'en ai marre de la nourriture raffinée de Daniel !

Micky nous a trouvé un toit pour dix jours : nous serons hébergés par l'une de ses amies, Lilly. La soixantaine, le cheveu argenté, menue et dynamique comme savent l'être certaines Américaines, Lilly nous ouvre la porte de sa maison, un bloc rectangulaire de quatre étages à la façade chocolat coincé entre deux bâtiments :

— Vous êtes chez vous ! nous lance-t-elle après nous avoir embrassés chaleureusement.

Nous nous voyons pour la première fois mais Laurent et moi avons l'impression de la connaître depuis toujours. Lilly nous a réservé le rez-de-chaussée de sa maison :

— C'est le studio de ma fille, elle est en vacances, *enjoy* ! Ce n'est pas le grand luxe mais vous serez autonomes, nous dit-elle.

Ce qui est bien avec les Américains, c'est qu'ils ont une notion du luxe qui n'appartient qu'à eux… Avec Laurent, nous nous regardons et nous sourions. Entre le lit *kingsize*, l'écran plat, la salle de bains attenante et la cuisine équipée, rien ne manque.

— Val, viens voir !

Je rejoins Laurent. Il est posté devant le frigo, porte ouverte :

— Elle est folle, elle nous a même rempli le frigo !

Des briques de jus d'orange, du lait, du pain, des céréales, du beurre, de la confiture, des petits gâteaux… Merci Lilly !

Pour parfaire les choses, notre *home sweet home* est idéalement situé, au cœur de Manhattan, non loin de Central Park et surtout de l'hôpital. Il est au centre de notre dispositif, de nos préoccupations. Nous savons que c'est là, derrière les multiples façades de verre et de brique rouge de ce village dans la ville que se trouve, s'il existe, le traitement expérimental qui justifiera notre espoir.

Premier contact avec l'institution, après une journée de repos utile pour Laurent que chahutent les effets conjugués du décalage horaire et d'une fatigue chronique. Micky, parfaitement bilingue, nous accompagne. Il est question de remplir le dossier d'admission. Mais dans l'immédiat, se repérer dans le dédale des bâtiments… Je pense à toutes les souffrances, à toutes les joies peut-être, dont sont imprégnés les lieux. Combien de destins se sont brisés ici ? Combien de guérisons miraculeuses ont éclos ? Au bout du couloir de l'incertitude, la mort ou la renaissance… Je sens mes émotions décuplées. Sans doute l'effet du gigantisme américain… Il nous mène, ce gigantisme, au énième étage d'un énième bâtiment. L'épaisse moquette du hall d'accueil dit l'essentiel du prestige des lieux. Le confort semble à l'avenant : nous nous installons dans des fauteuils vert bouteille moelleux. A portée de main, une coupelle déborde de bonbons sur lesquels Laurent a tôt fait de lancer une OPA discrète. Plus tard, en me promenant dans les couloirs, je constaterai que ce luxe apparent cache des recoins moins clinquants mais pour l'heure, nous avons l'impression de patienter dans le lobby d'un cinq-étoiles.

Deux personnes d'une courtoise efficacité vérifient notre identité pour constater dans la foulée que quelque chose coince : nous aurions dû régler les droits d'admission à l'hôpital, par mandat, avant de quitter la France ! C'est la condition sine qua non pour que nous soyons reçus et que le cas de Laurent soit pris en compte. Car ici, hormis l'air que l'on respire et les bonbons que Laurent avale un à un jusqu'au dernier, rien n'est gratuit. Et la première chose que les Américains vous demandent, ce n'est ni votre nom, ni la raison de votre visite mais bel et bien votre carte de crédit ! Malheur au patient désargenté…

Les Américains n'ayant pas leur pareil pour, d'un sourire ferme, vous faire comprendre que c'est comme ça et pas autrement, Laurent sort sa carte de crédit immédiatement débitée de huit mille dollars ! Nous comprenons maintenant pourquoi Lance Armstrong avait demandé à Alain Gallopin si Laurent avait des problèmes d'argent, ce qui, par chance, n'était pas le cas. Huit mille dollars ! Pour avoir la possibilité d'engager la conversation ! Laurent, qui paierait volontiers le quintuple pour s'en sortir, préfère en sourire. J'ai une pensée furtive pour ceux, majoritaires, qui n'ont pas les moyens de débourser de telles sommes et une autre pensée, émue et reconnaissante celle-là, pour notre bonne vieille Sécu à la française...

Nous apprenons au passage qu'en Amérique – à vrai dire, on s'en doutait un peu... – on parle anglais ! C'est la raison pour laquelle l'hôpital nous impose de traduire le dossier médical de Laurent. A Paris, nous avions été informés de l'importance de cette formalité. Le Grand Docteur, mis au courant de notre voyage aux Etats-Unis, nous avait d'ailleurs promis que le dossier serait traduit en temps et en heure mais c'est bien connu, les promesses n'engagent que ceux qui y croient...

— Nous verrons bien sur place, avait tranché Laurent.

A présent, nous sommes sur place, et nous voyons l'heure tourner : il nous reste moins de vingt-quatre heures pour boucler la traduction. Pour trois mille dollars supplémentaires, l'hôpital nous recommande un organisme qui, paraît-il, fait des miracles dans l'urgence...

Le dossier, les radios, les scans, les prélèvements, tout est désormais en ordre. En attendant le premier rendez-vous qui sera consacré à une série d'examens, Laurent et moi tuons le temps. Lui dort énormément. Moi beaucoup moins. J'ouvre l'œil à 6 heures du matin, chausse discrètement mes baskets et, l'iPod collé aux oreilles, savoure l'immensité de Central Park. Je souris en pensant que quand j'étais petite, la seule évocation de cet endroit m'effrayait, peut-être à cause des saletés qui s'y passent dans toutes les séries télévisées ! Parcours de vie... Pour le reste, les envies de Laurent nous guident. Quand il s'en sent la force, nous nous baladons. A son rythme. Je l'encourage à se faire plaisir : il se lâche dans les magasins de fringues, fait une razzia de gadgets et s'offre le premier iPad, six mois avant que l'écran magique débarque en France, dans le seul but d'épater un ami cher, toujours à la pointe de la technologie...

Ainsi s'écoulent les heures jusqu'à ce que, de retour à l'hôpital, une voix retentisse :

— *Mister Fignon, please !*

Avant de m'éclipser, je demande aux médecins combien de temps ils vont le garder.

— *About three hours, Madam.*

Un petit bisou sur la bouche de mon homme et je tourne les talons. Seule dans la grande ville, je déambule. L'humeur oscille entre confiance et crainte. Je me rappelle avoir quitté Laurent sereine, estimant qu'il était entre de bonnes mains. Je me rappelle avoir flippé car je ne parvenais pas à retrouver l'hôpital : sans doute plongée dans mes pensées, j'avais quitté les lieux trois heures auparavant, tête baissée, et m'étais tout bêtement égarée. Qu'avais-je fait ? Rien. J'avais marché, marché, marché ; c'est souvent ce qu'il y a de mieux à faire à New York. J'étais entrée dans des boutiques mais je n'avais rien acheté. J'avais erré sans but, sans penser, juste tué le temps. Je me rappelle avoir eu envie de pleurer en retrouvant Laurent, visiblement éprouvé. Je me rappelle avoir vaguement souri, après coup, à l'évocation du légendaire sens de l'orientation des femmes. Je me rappelle qu'il faisait un soleil de plomb et que nous avons préféré regagner notre petite chambre. Je me rappelle avoir senti que, d'une certaine manière, nous touchions au but. Ici, nous franchirions une étape. Ici, la vérité jaillirait. D'ici, nous repartirions avec le sentiment d'avoir fait tout ce qu'il était possible de faire, d'avoir fait le job comme disent les Américains. Ne restait qu'à faire preuve de patience avant le rendez-vous décisif, celui qui nous ferait rencontrer THE spécialiste. Que nous dirait-il ? Qu'annoncerait-il ? C'était pour l'heure un mystère et nous avions devant nous une bonne trentaine d'heures pour cogiter, imaginer le meilleur comme le pire, avant de savoir.

Dès lors, mieux valait s'aérer…

Le lendemain, nous en profitâmes pour visiter le Metropolitan. Le musée était idéalement situé car à proximité de notre lieu de résidence. Nous pouvions à tout moment rebrousser chemin si Laurent en manifestait le besoin. Car lorsque nous sortions, c'était toujours pour une durée indéterminée : Laurent pouvait être fatigué au bout de dix minutes comme au bout de deux heures. Il n'y avait pas de règle. Au Metropolitan, nous prîmes le temps d'admirer de splendides statuettes sculptées dans l'albâtre. Je me souviens en avoir été enchantée car j'avais vu un reportage télévisé consacré à cette expo. Hautes d'une quarantaine de centimètres, ces statuettes comptent parmi les chefs-d'œuvre du XVe siècle. Elles proviennent du monument funéraire de Jean sans Peur, duc de Bourgogne. Je ne me lassai pas de les contempler. Du regard, je détaillai les attitudes, j'étudiai le soin des drapés. Chaque statuette était une rencontre où, par l'expression du visage ou l'éloquence du geste, s'exprimait le chagrin. Et s'il n'y en a pas deux pareilles, l'ensemble dégageait une harmonie à la fois apaisante et troublante. Car ces statuettes portent un nom : les pleurants. Oui, les pleurants...

S'aérer... Je me rappelle avoir photographié Laurent devant des masques africains : il adorait l'art du continent noir. Lui qui râlait dès qu'on lui demandait de prendre la pose se prêta au jeu avec le sourire.

S'aérer... Je nous revois l'un et l'autre, main dans la main, immobiles devant le chantier de Ground Zero. Du théâtre de l'une des tragédies les plus marquantes de notre temps, émergeait le nouveau World Trade Center. L'homme s'habitue à tout, l'homme revient de tout, me dis-je... J'étais d'autant plus affectée que trois mois avant l'attentat du 11 septembre 2001, j'avais visité les tours jumelles. Je repensais à toutes ces personnes, souvent jeunes, toujours aimables – restaurateurs, serveurs, photographes, personnel d'accueil –, que j'avais croisées et qui peut-être avaient péri. Moi, d'habitude si bavarde, ne pipais mot. Je voulus prolonger la visite en me rapprochant de l'endroit où se recueillaient les proches des victimes mais Laurent n'y tint pas :

— Pourquoi veux-tu aller voir ça ? me dit-il. C'est malsain !

Je n'insistai pas. Une fois de plus, toute la pudeur de Laurent s'exprimait.

C'est le grand jour. Au réveil, l'angoisse est palpable. Avec Laurent, nous pressentons que nous allons vivre des heures particulières. Quoi qu'il arrive, nous aborderons une nouvelle étape de ce combat qui nous occupe depuis des mois… Nous avalons le petit déjeuner en silence. Chacun d'entre nous est habité par les mêmes sensations, les mêmes interrogations, les mêmes espoirs. A quoi bon échanger après tant de déceptions ? J'anticipe. Je pense aux mille et une questions qu'il ne faudra pas oublier de poser à THE spécialiste. Peut-on être certain du diagnostic ? Qu'est-ce qui n'a pas fonctionné ? Existe-t-il un traitement miracle ? Si oui, faudra-t-il le suivre à New York ? A l'inverse de Laurent, je me vois bien m'installer ici pour quelques mois.

Sur place, nous bénéficions d'un traducteur. C'est un de ces bénévoles qui, à longueur de journée, arpentent les halls d'hôpitaux pour proposer leur aide à ceux qui en ont besoin. Ils font ça par pure philanthropie. Ou par amour du prochain. Le nôtre nous a abordés lors de notre première visite au *Memorial Sloan-Kettering*, alors que nous nous débattions avec la paperasse à remplir. Pour avoir vécu plusieurs années à Paris, il maîtrise parfaitement notre langue. De plus, il tient Laurent pour un « client » de prestige puisqu'il s'intéresse au cyclisme ! Son rôle consiste à intervenir si le discours devient trop technique. Et il ne va pas tarder à l'être puisque, après avoir consulté le dossier médical de Laurent et les résultats des examens effectués quarante-huit heures plus tôt, THE spécialiste lâche son verdict d'où émerge un terme : adénocarcinome… Un mot que l'on connaît puisque nous l'avons déjà entendu de la bouche des médecins français. Adénocarcinome : c'est bien un cancer du poumon. Attentif, le médecin s'efforce de parler lentement, fait des phrases courtes. En fait, notre niveau d'anglais et la connaissance du dossier nous permettent de décrypter ce qu'il nous dit. Il confirme le diagnostic des médecins français. D'une certaine manière, nous sommes soulagés d'avoir pu vérifier que le cancer primitif avait bien été débusqué.

Mais après ?

Je bombarde THE spécialiste de questions. Il prend le temps de répondre. Oui, les traitements français sont au point... Non, les Américains n'ont rien à leur envier... Un traitement expérimental ? Pourquoi pas ? On peut essayer... Mais il n'insiste pas. J'en déduis alors qu'il n'a rien d'exceptionnel à proposer. Et je ne vais d'ailleurs pas tarder à comprendre pourquoi...

Tout en questionnant Laurent sur sa carrière, THE spécialiste lui prend le pouls. Il s'autorise quelques blagues sur le vélo, tâte une dernière fois les ganglions et prie Laurent de se rhabiller. La consultation touche à sa fin. Pour moi, que turlupinait une question que je n'avais encore jamais osé poser, c'est maintenant ou jamais :

— Quel est le stade de la maladie, docteur ?

— Quatre.

— Et combien y a-t-il de niveaux ?

— Quatre. »

Silence. Interminable silence.

Dans le regard fuyant de mon interlocuteur, je capte furtivement quelque chose qui ressemble à de l'embarras. Laurent a entendu. Il quitte déjà la pièce. Par réflexe, comme pour quémander un rectificatif ou une précision, je me retourne une dernière fois vers le médecin, le salue pour la énième fois. C'est alors qu'il pose sa main sur mon épaule et approche ses lèvres de mon oreille :

— *Good luck...*

Good luck ! Je l'entends me souhaiter bonne chance tout en comprenant que Laurent est condamné. Il est où d'ailleurs, Laurent ? Il a disparu... Les choses se sont jouées en quelques secondes. Le temps d'un *Good luck* soufflé avec prévenance, deux mots d'une douce cruauté, deux mots dont la bienveillance n'altère pas la violence, deux mots gorgés d'humanité et d'impuissance, deux mots qui résonneront toute ma vie dans ma tête. Ce *Good luck*, je ne l'oublierai jamais. C'est l'alliance de deux mots en apparence festifs, l'alliance du bien et de la chance, une formule élégante au service du pire.

Un soleil printanier embrase la *skyline* new-yorkaise. Rendus à la rue, Laurent et moi déambulons à la recherche d'une terrasse pour déjeuner. La première sera la bonne. Aux médecins, nous avions toujours demandé la vérité. Pas l'échéance, juste la vérité. Maintenant, nous l'avions. Ma tête bourdonne d'un *Good luck* que Laurent n'a pas entendu et que je garde pour moi. N'en sait-il pas déjà assez depuis que THE spécialiste a évoqué le stade quatre. Quatre sur quatre. Message reçu cinq sur cinq... Drôle de déjeuner... Laurent est plongé dans ses pensées, moi dans mes peurs. Et si, au cours de la longue épreuve que nous avons traversée, il m'a souvent été donné de le voir triste, diminué, affaibli, je dois reconnaître que ce jour-là, Laurent avait le regard le plus grave qui soit. Quelque chose, sous son crâne lisse, accentuait le trait. J'ai mis du temps à comprendre ce que c'était : il n'avait plus ni cils, ni sourcils.

*

Michel Cymes : « Les mots pour le dire… »

Good Luck… Il est sans doute beaucoup plus facile de dire les choses dans une langue étrangère à l'épouse d'un patient dont on sait qu'on ne le reverra jamais, que de le faire en s'adressant dans sa langue maternelle au patient lui-même, surtout quand on est amené à le revoir… Cruelle évidence.

L'obsédante question

Une réponse qui ne résout pas la difficulté en fait naître mille autres.
Proverbe chinois

Comment naît un cancer ? Comment celui de Laurent a-t-il pris forme ? Pouvait-il l'éviter ? Anticiper ? Je me suis souvent posé ces questions et n'ai jamais ressenti qu'un immense vide au moment d'y répondre. Laurent ne fumait pas, était en forme, jouissait d'une constitution solide et, même s'il s'alimentait parfois n'importe comment, semblait taillé pour vivre longtemps. Alors quoi ? Le fait est que l'évocation de ces questions me renvoie immanquablement à Bagnères-de-Bigorre et à l'affaire que Laurent y avait montée à partir de 2005. Mais avant Bagnères, il y eut une autre affaire, Paris-Nice, dont Laurent a mal vécu l'échec…

Cette course, il l'a revendue à perte et en a gardé rancœur contre ceux dont il estime qu'ils ne se sont pas comportés correctement avec lui. L'aventure avait commencé en 1997 par des mois et des mois de négociations. Même s'il n'était pas doué pour les ronds de jambe, même s'il rechignait à brosser ses interlocuteurs dans le sens du poil, il était parvenu à convaincre la famille Leulliot, alors propriétaire de l'épreuve, de la lui céder pour plus de quatre millions et demi de francs, soit près de sept cent mille euros. L'affaire s'était conclue au détriment de la Société du Tour de France, elle aussi candidate au rachat. Elle le lui ferait payer…

De fait, à peine la transaction effectuée, les ennuis ont commencé…

La banque tout d'abord : elle a durci le business plan que Laurent avait conçu en réduisant le montant et la durée du prêt. Laurent, d'abord incrédule, s'est imaginé qu'elle agissait en service commandé et n'a plus eu le moindre doute lorsqu'il s'est heurté à d'inhabituelles réticences de la part de certaines collectivités locales. Dans son autobiographie, il relate avec amertume sa rencontre avec le maire de Mâcon auquel il proposait une arrivée chez lui, au bord de la Saône : *Le maire m'avait dit : « Pas de problème monsieur Fignon, je fais voter ça en conseil municipal, c'est comme si c'était fait. » Surprise trois jours plus tard : refusé en conseil municipal ! J'ai fini par comprendre – par la bande – que les dirigeants du Tour de France avaient fait pression pour que la ville ne m'accorde pas cette arrivée. Comme par hasard, Mâcon fut choisie l'année suivante, en 2002, comme ville-arrivée du Tour… Il faut savoir que cet exemple se répéta dans plusieurs endroits. On leur disait : « Si vous prenez Paris-Nice, ne pensez plus au Tour ! » Pas très digne comme procédé.*

Ces difficultés, Laurent les a aussi connues lorsqu'il s'est agi d'obtenir des autorisations de passage, de convaincre des partenaires, de dénicher des sponsors… Chaque rendez-vous accroissait sa perplexité.

Il avait l'impression de parler à des interlocuteurs pas complètement libres de leurs choix.

Laurent a-t-il péché par naïveté ? A-t-il manqué de sens politique ? A-t-il trop misé sur son nom ? Peut-être… Lui-même reconnaissait qu'il pouvait avoir des difficultés à se vendre. Mais il estimait compenser ce manque par son enthousiasme, son incontestable connaissance du sport cycliste et l'audace de son projet. Il avait rêvé d'une course au parcours ambitieux, avec des côtes encore jamais arpentées à proximité des arrivées pour offrir aux spectateurs un final haletant. Il voulait en finir avec la monotonie d'une épreuve qui n'avait plus évolué depuis des lustres. Au final, il a éprouvé la théorie du pot de terre face au pot de fer : malgré deux belles éditions, en 2000 et en 2001, malgré un indéniable succès médiatique (plus de cent heures de télévision contre une dizaine auparavant), il a jeté l'éponge. Pas tenable financièrement. Le contexte ne l'a évidemment pas aidé : à l'aube des années 2000, le cyclisme vivait une crise sans précédent due, notamment, à l'affaire Festina (dopage organisé et médicalisé au sein d'une équipe du Tour, cascade de mises en examen, aveux de plusieurs coureurs…). Finalement, Laurent a vendu la course à la société organisatrice du Tour de France. Dans l'affaire, il a perdu deux millions de francs, soit l'équivalent de trois cent mille euros. Mauvais pour ses finances, mauvais pour son ego aussi… Il le reconnaît dans son autobiographie : *En repensant parfois à Paris-Nice, je peux dire que je suis resté meurtri par cet échec. Le costume d'organisateur n'était pas trop grand pour moi, je le sais, et je garde au fond du cœur l'intime conviction que j'aurais pu transformer cette course en quelque chose d'unique, quelque chose qui me corresponde...*

Après ce pénible épisode, Laurent se sent désœuvré. Il tourne en rond au point de parfois enchaîner deux parcours de golf dans la même journée. Et puis en 2005, entre en scène notre ami Jérôme Prat. Rien de ce qui se passe dans le quart sud-ouest de la France n'échappe à ce natif de Bordeaux ! Or, il a entendu parler d'une affaire à reprendre dans les Hautes-Pyrénées, à Bagnères-de-Bigorre. Il s'agit d'un complexe hôtelier dont les murs appartiennent à la mairie et dont il faut juste remonter le fonds de commerce. C'est à la fois un hôtel, un restaurant et un musée du Vélo. La ville verrait bien un ancien sportif reprendre le tout. Avec son palmarès, son goût pour le défi et son désir de bien faire, Laurent a évidemment le profil et Jérôme, qui lui propose une association, n'aura pas de mal à le convaincre.

Les deux hommes se lancent à corps perdu dans cette nouvelle activité d'hôtelier et de restaurateur. Ils n'y connaissent rien, le savent et s'en amusent. Rien n'est trop beau pour donner vie à cet ambitieux projet. L'hôtel et le restaurant font l'objet de travaux de rénovation colossaux. Et pour compléter l'offre commerciale et touristique, le musée se transforme en *Centre Laurent Fignon*. On y propose des stages cyclistes qui font la part belle aux cols mythiques du coin, à commencer par le fameux Tourmalet.

Cette affaire, Laurent l'a portée pendant cinq ans à bout de bras, avec enthousiasme au début, anxiété à la fin. Car les clients ont fait défaut.

— L'hôtellerie, la restauration, ce sont de vrais métiers, disait souvent Laurent, sous-entendant que ce n'était peut-être pas le sien…

Mais jamais il ne lâcha. Quand il fallait apprendre, il apprenait. Quand il fallait démarcher, il démarchait. Quand il fallait injecter de l'argent, il en injectait. Non, jamais il ne lâcha, bien qu'il eût rapidement senti que sa présence et celle de Jérôme (« les deux Parisiens… ») n'étaient pas du goût de tous. Le duo avait pourtant fait le tour des restaurants de la ville, d'abord pour y déjeuner, ensuite pour tenter d'y tisser des liens. Mais Laurent avait noté l'accueil polaire qui lui était réservé. Certes, la mairie de Bagnères-de-Bigorre avait fait son possible pour faciliter son installation. Le centre n'était jamais oublié en cas de manifestation organisée par la ville. Mais la volonté du premier magistrat n'est pas suffisante quand ça résiste en coulisse… Certains se gardaient bien de nous aider. Au contraire : il ne fallait surtout pas envoyer le moindre client au Relais des Pyrénées ! L'hôtel ? Pas assez bien, bien que flambant neuf… La table ? Pas assez bonne, bien que sous la responsabilité d'un chef étoilé… Et ainsi de suite…

Non, jamais Laurent ne lâcha, bien que rien ne l'ait aidé : il y eut la crise, il y eut un hiver sans neige, il y eut un été pluvieux, il y eut la maladie mais rien de tout cela ne l'incita à abandonner, tout simplement parce que la notion d'abandon lui était étrangère. Alors il cherchait des solutions. Seul. Je le voyais s'agiter, quelque chose le rongeait, il faisait la crêpe toute la nuit dans le lit et lorsque je lui demandais de me dire ce qui le minait, il prenait un air grave :

— Tu veux que je t'empêche de dormir, toi aussi ?

Je me suis souvent surprise à me dire que cette affaire le rendait malade. Faut-il, dès lors que l'on connaît la fin de l'histoire, prendre l'expression au pied de la lettre ?

A priori non. Laurent est mort en 2010 et, selon ses médecins qui se basent sur la taille de ses métastases, il était malade depuis environ huit ans. L'aventure de Bagnères-de-Bigorre ayant débuté en 2005, elle n'a pu lui être fatale. Mais elle n'a sans doute rien arrangé chez un homme qui intériorisait beaucoup – pour ne pas dire systématiquement –, n'en était pas à son premier échec dans le monde des affaires et le vivait avec d'autant plus d'amertume qu'il s'emballait volontiers dès que se profilait un projet. Combien de fois lui ai-je suggéré de prendre son temps ? Mais combien de fois son enthousiasme communicatif a-t-il balayé les réticences qui pouvaient s'exprimer dans son entourage ? Il fonçait, avait des idées et en était parfois mal récompensé. Ainsi imagina-t-il, en compagnie d'Alain Gallopin, les cyclo-sportives. L'idée consistait à faire rouler des amoureux de la petite reine sur des parcours savamment étudiés pour relier quelques-uns des plus beaux châteaux d'Ile-de-France. Une journée de sport, de culture et de gastronomie : pendant que papa pédalait, maman visitait le château et les enfants s'éclataient avec de grands jeux gonflables installés dans le parc. Ensuite, tout le monde se retrouvait autour d'un bon repas. Sauf qu'un jour, le traiteur s'est trompé de ville et a livré les plateaux-repas avec trois heures de retard. Autant dire que les cyclotouristes avaient déjà mis les voiles non sans avoir omis d'insulter Laurent, coupable à leur yeux d'avoir tenté de les voler ! Ils étaient hystériques. Laurent avait dû rembourser les mille participants et était ressorti de cette aventure d'autant plus dégoûté que le lendemain, le journal local mettait à la une la photo d'un cyclo-sportif en train d'uriner contre le mur d'enceinte du château de Versailles, avec ce titre : « Fignon : plus jamais ça » ! Comme si c'était lui qui s'était soulagé sur un monument historique ! Il y a là de quoi perturber la psyché d'un homme par ailleurs habitué au succès et à la reconnaissance, un homme qui aime les défis pour ce qu'ils sont : l'occasion de montrer ce dont il est capable. Je me rappelle lui avoir dit, alors qu'il approchait le quintal et en rigolait, que s'il perdait vingt kilos en six mois, je lui offrirais un voyage en Afrique du Sud. Six mois plus tard, j'avais dû casser ma tirelire…

Bien sûr, je me suis interrogée sur le passé de sportif de haut niveau de Laurent et sur les pratiques en cours dans l'univers du cyclisme. A vrai dire c'est lui qui, le premier, a évoqué un lien hypothétique entre sa maladie et le dopage. Il s'en ouvre en toute transparence dans ses mémoires, en ces termes : *Je ne vais pas dire que cela n'a pas joué. Je n'en sais absolument rien. C'est impossible de dire oui ou non. D'après les médecins, apparemment non.*

Le fait est que les médecins ont demandé à Laurent quel type de produits il avait pris lorsqu'il était coureur. Ce fut même l'une de leurs toutes premières questions. Quand ils ont appris que Laurent s'était contenté de prendre des amphétamines et des corticoïdes (cortisone), ils ont souri. Pour eux, il ne pouvait y avoir de lien entre le mal dont il souffrait et ces produits qui relèvent du dopage light. Il n'est pas ici question d'excuser cette forme de tricherie (pour reprendre le terme employé par Laurent dans son autobiographie), mais de replacer les choses dans leur contexte. Je crois pouvoir avancer, même si Laurent parlait peu du dopage, que de telles pratiques, sans être généralisées, étaient répandues. C'était même, parfois, un sujet de plaisanterie dans le peloton. Je souris à l'évocation de cette histoire que Laurent aimait à raconter. C'était à l'occasion d'une course locale. Il avait abandonné. Parvenu avant le reste du peloton sur le site de l'arrivée, il avait, avec quelques copains, confectionné une fausse pancarte indiquant « contrôle ». Les concurrents qui franchissaient la ligne d'arrivée ne pouvaient pas la louper. Affolement garanti !

La triche donc, mais la triche dans la bonne humeur ! Le cyclisme est loin d'être le seul sport concerné mais peut-être a-t-il ça dans les gènes... L'histoire de ce sport regorge en effet d'anecdotes révélatrices. Dès la deuxième édition du Tour de France, en 1904, un dénommé Pierre Chevalier avait arraché la troisième place d'une étape dont il avait parcouru une bonne partie à bord d'une voiture ! A l'arrivée, il était frais comme un gardon alors que quelques heures auparavant, tout le monde l'avait vu à la peine avec des kilomètres dans la vue. Bizarre, non ? Et je ne parle pas des coureurs qui, toujours au début du siècle, quand la surveillance n'était pas ce qu'elle est devenue, s'étaient fait prendre à bord d'un train ou le pouce levé, à faire du stop ! Ces histoires, toutes vraies, témoignent d'un certain esprit et d'une forme de culture qui expliquent que plus tard, les coureurs se soient laissé tenter par des produits interdits pour améliorer leurs performances. Et si Laurent a, comme d'autres, goûté aux amphétamines pour gagner en énergie et à la cortisone pour ne pas trop sentir la douleur, il n'a jamais touché aux produits lourds que sont l'EPO et les hormones de croissance. Ces produits ont d'ailleurs débarqué dans le peloton alors que la carrière de Laurent tirait sur sa fin. Il m'a confié un jour qu'il avait éconduit ceux qui lui parlaient de ces nouveaux produits en leur expliquant que sa carrière était derrière lui et qu'il savait qu'il ne gagnerait plus le Tour.

Je crois même que tout cela lui faisait peur. Car Laurent détestait les médicaments que, soit dit en passant, son organisme supportait mal. Quand un médecin lui faisait une ordonnance, il fallait qu'il lui explique ce qu'il comptait lui faire avaler. Laurent disait que ce n'était jamais bon de se bourrer de trucs chimiques à longueur d'année, pour un oui ou pour un non. Il se méfiait même de l'homéopathie ! Et quand il pouvait m'arriver d'utiliser tel ou tel produit pour doper la pousse des cheveux ou la dureté des ongles, il haussait les sourcils :

— Arrête d'avaler toutes ces merdes !

Mon témoignage vaut ce que peut valoir le témoignage d'une femme qui avait la confiance de son mari, un homme qui ne s'embarrassait pas de cachotteries, jouait la transparence et, je peux l'écrire ici, affirmait que le dopage, petit ou grand, sert à tricher. Il assumait ce qu'il avait fait. Il s'inquiétait aussi de l'évolution des choses, convaincu que le peloton était passé de pratiques dérisoires à des pratiques dangereuses auxquelles lui se félicitait d'avoir échappé.

Voilà pourquoi, lorsque j'entends à la télé, à une heure de grand écoute, aujourd'hui encore, que « le cancer de Fignon était dû au dopage », cela me fait bondir. Personne n'a la preuve de cela. Les médecins de Laurent ont toujours dit que c'était impossible.

Comment est né le cancer de Laurent ? demandais-je. Je n'en sais rien, n'en saurai jamais rien. Apparemment, ni du dopage, ni de Bagnères et de ses désillusions, ni des efforts surhumains que les cyclistes fournissent tout au long de leur carrière. Il serait hasardeux d'imaginer que l'échec de Paris-Nice y soit pour quelque chose, et encore plus hasardeux d'accuser Tchernobyl, oui Tchernobyl, même si on y a pensé ! En effet, durant sa carrière professionnelle, Laurent s'entraînait régulièrement dans la région d'Aix-en-Provence où, avions-nous appris, le nuage radioactif avait séjourné dans les mois qui avaient suivi la catastrophe survenue en 1986… L'hérédité ? Cela n'est pas à exclure : dix-huit mois après la disparition de Laurent, sa maman a développé le même cancer ! Par chance, il a été diagnostiqué à temps et surtout, on a pu l'opérer. Pas de chimio, pas de radiothérapie… La mère de Laurent s'en est sortie avec un quart de poumon en moins et une immense frayeur. Comme quoi, vous voyez, on pense à tout mais on n'a la preuve de rien. Ce cancer vient de nulle part et cela ajoute à ce sentiment de dénuement que j'éprouve de plus en plus face au mal qui progresse. Aux prémices de l'été 2010, la question m'obsède et la réponse me consterne : ce cancer vient de nulle part mais il est là et s'apprête à gagner la partie.

*

Michel Cymes : « L'avenir est à la médecine prédictive. »

Comment naît un cancer ? D'où vient-il ? Ces questions, tous les malades se les posent et les médecins sont en mesure d'y apporter quelques éléments de réponse.

A l'origine d'une tumeur cancéreuse, il y a toujours une cellule qui s'emballe et échappe au système immunitaire, bannière générique sous laquelle œuvre une armée de soldats – les globules blancs ou leucocytes – censés nous défendre. C'est à eux que revient la charge, dès qu'ils repèrent une cellule anormale, de la détruire. Mais parfois, la cellule leur échappe : elle va donc se diviser, c'est-à-dire créer d'autres cellules qui elles-mêmes se diviseront, en créant d'autres, et ainsi de suite…

Parfois, la tumeur dont la cellule cancéreuse est à l'origine est trop petite pour faire parler d'elle. Pas de symptôme. Pas de douleur. Pas repérable lors des examens. Jusqu'au jour où il est trop tard…

S'interroger sur la naissance d'un cancer revient à se pencher sur les défaillances du système immunitaire. Pourquoi les cellules cancéreuses échappent-elles à notre système de défense ? On a quelques idées, on commence à comprendre mais on est loin d'avoir tout compris.

Le stress ? Il n'intervient pas dans l'apparition d'un cancer mais on peut raisonnablement penser qu'il influe dans son accélération. Le stress est en effet l'ennemi de notre système immunitaire, il réduit son efficacité. Chacun d'entre nous est en mesure de le vérifier régulièrement : ne sommes-nous pas plus sensibles aux infections quand nous sommes fatigués, stressés ?

Le dopage ? Les corticoïdes, remarquables anti-inflammatoires, ont tendance eux aussi à diminuer l'efficacité du système immunitaire. Mais ils ne sont en aucun cas connus pour être cancérigènes, pas plus d'ailleurs que les amphétamines consommées à l'époque de Laurent. Je n'en dirais pas autant des produits dopants utilisés actuellement par certains sportifs…

L'hérédité ? Elle intervient dans certains cancers, chez les personnes ayant ce qu'on appelle des gènes de prédisposition. Ces gènes « anormaux », associés à d'autres facteurs, augmentent le risque de développer un cancer. Le sein, les ovaires et le côlon sont particulièrement concernés. On connaît des familles dans lesquelles les mêmes tumeurs se développent avec une fréquence largement supérieure à celle de la population générale. Ces familles sont surveillées de très près. Ainsi, pour certains cancers du sein (5 % des cancers) et de l'ovaire, on recherche ces gènes de prédisposition (appelés BRCA1 et BRCA2) car études et statistiques prouvent que les femmes qui en sont porteuses courent un risque élevé de développer la maladie. D'ailleurs, le risque est tel que souvent, elles ne supportent pas de vivre avec et préfèrent opter pour l'ablation pure et simple des organes impliqués. Les médecins doivent alors se résoudre à retirer des organes sains : c'est de la chirurgie préventive !

Si, dans le cas du cancer du sein ou des ovaires, la simple présence du gène « anormal » suffit à provoquer le développement d'une tumeur, il y a probablement des cofacteurs que l'on ne connaît pas. En revanche, on connaît l'un des cofacteurs du cancer du poumon : le tabac. Le fumeur qui possède dans ses cellules le gène de prédisposition au cancer du poumon augmentera considérablement le risque de développer une tumeur par rapport à une personne également porteuse du gène mais qui ne fume pas. Laurent, lui, ne fumait pas. Cependant, rien ne permet de dire qu'il était porteur d'un gène de prédisposition. Rien ne permet d'affirmer le contraire non plus…

On devine, dès lors, que l'avenir est à la médecine prédictive. Et l'avenir, c'est bientôt. Nous pourrons disposer un jour d'une carte d'identité génétique qui nous dira quels cancers ou maladies nous sommes susceptibles de développer. Pour le moment, le coût de ces techniques, de l'ordre de quelques milliers d'euros (mais les choses évoluent vite !), représente un frein à la démocratisation de cette carte d'identité génétique. Mais demain, dans moins de dix ans peut-être, pour quelques centaines d'euros, vous aurez tout votre patrimoine génétique dans une clé USB !

Ce progrès en est-il réellement un ? Sur le plan médical, certainement. Sur le plan sociétal, c'est autrement plus compliqué. Pourra-t-on en effet empêcher une compagnie d'assurances d'avoir accès au secret du patrimoine génétique de ses assurés ? Pourra-t-on empêcher une mutuelle ou une banque d'exiger de ses clients qu'ils se livrent à une batterie de tests médicaux ? Ces questions, cruciales, ne manqueront pas de se poser dans les années qui viennent.

Le dernier été

La vie de l'homme est comme une chandelle dans le vent.

Proverbe chinois

Laurent a minci. Spectaculairement... Son visage, son corps me plaisent bien. Ses cheveux, ses sourcils et sa barbe ont repoussé. Je le trouve follement sexy ! Mais le cancer n'est pas le meilleur booster de libido et surtout, il ne laisse pas longtemps le loisir de se réjouir.

Un soir je rentre du boulot et trouve Laurent assis sur le canapé en train de regarder la télé. Je n'ai pas le temps d'ouvrir la bouche.

— Je sais, j'ai gonflé, me dit-il, sans doute alerté par mon air affolé.

Gonflé ? Son visage a triplé de volume ! On dirait qu'il joue un remake du film *Banzaï*, quand Coluche se fait piquer par une guêpe ou je ne sais quelle bestiole. Nous n'apprendrons que le lendemain, à l'hôpital, que Laurent fait une thrombose (formation de caillot). C'est le signe que la maladie gagne du terrain. Il urge de lui déboucher les veines. Sacré boulot de ramonage pour le chirurgien, qui introduit de longues mèches dans les veines pour résorber le caillot qui coince, le tout sans anesthésie générale. Encore une séance de torture à laquelle Laurent se plie avec un courage immédiatement récompensé : son visage dégonfle.

Sa voix, elle, ne cesse de dérailler. Les médecins nous expliquent qu'une corde vocale, bloquée par un ganglion qui a pris de l'ampleur, est immobile. Du coup, Laurent monte et descend dans les aigus. C'est désagréable pour l'entourage et stressant pour lui qui, en ce mois d'avril 2010, ne pense qu'au prochain Tour de France qu'il doit commenter. Laurent s'offre quelques séances chez une orthophoniste qui lui fait fredonner l'air d'*Au clair de la lune*, histoire de muscler la seconde corde vocale.

C'est donc avec cette voix de castrat qu'il part pour son dernier Tour de France. Sa motivation est intacte mais je vois bien que quelque chose a changé depuis l'édition précédente qui l'avait déjà mis sur les rotules. La preuve : il est question qu'il ne commente qu'une grosse moitié des étapes. Précisément douze sur vingt et une. Pas plus. Trop épuisant selon les médecins. Ces étapes, il les a choisies avec la Direction de France Télévisions et notées consciencieusement sur son agenda.

Au fond, je comprends a posteriori que tous les éléments d'un épilogue dramatique se mettent en place sous mon nez sans que je sois en mesure de les décrypter. Contrairement à l'année précédente, il est convenu, en accord avec les médecins, que la chimio sera mise entre parenthèses pendant les trois semaines que dure l'événement. Pourquoi un tel laisser-aller, sinon parce que les médecins ont compris que la fin est proche et inéluctable ? Quant à moi, curieusement, je renonce à le rejoindre sur le Tour à l'occasion d'une étape de repos. Une première depuis que nous nous connaissons. J'opte plutôt pour quelques jours de vacances chez mon père dans le sud de la France. Pourquoi une telle attitude ? Ai-je inconsciemment admis qu'il n'y avait plus rien à faire ? Ai-je voulu fuir l'évidence d'une dégradation permanente de son état ? Ne pas voir pour ne pas souffrir ? Aujourd'hui encore, je ne m'explique pas ce choix que je n'ai pas fini de regretter. Y penser me bouleverse d'autant plus que j'entends encore Laurent me soutenir qu'interrompre la chimio, ça ne va pas le tuer…

A en croire les initiés, Laurent commente ce Tour 2010 avec encore plus de passion qu'à l'accoutumée. Débarrassé de toute inhibition, étranger à quelque langue de bois que ce soit, ignorant du qu'en-dira-t-on, insensible à la susceptibilité des cyclistes et des dirigeants, il se lâche, excelle, fait montre d'une clairvoyance et d'une pertinence remarquées, quitte à déplaire. C'est un des traits de son caractère : dur avec les autres comme il savait l'être avec lui-même. A chaque fois qu'il avait connu des difficultés, qu'il s'agisse de blessures et d'échecs professionnels, il s'était promis de s'en sortir seul. L'évocation de sa performance de commentateur, cet été-là, me fait penser à la légende du chant du cygne, où le volatile, muet et sentant venir sa mort, chante de la manière la plus merveilleuse qui soit. Une prestation comme un testament, une sorte de va-tout joué avec un panache que rien, pas même une voix abîmée, ne parvient à altérer. « La voix de Fignon, c'est comme les vuvuzelas de la Coupe du Monde de foot en Afrique du Sud, on s'y habitue », tranche un téléspectateur dont Laurent accueille la remarque avec hilarité. Dernier jour de course. Laurent est sur un nuage : il réalise que, contrairement à ce qui était initialement prévu, il a commenté toutes les étapes du Tour ! A l'antenne, de la gaieté, un au revoir des plus classiques, des promesses de retrouvailles, avant de troquer le micro de France Télévisions pour celui d'Europe 1, le temps d'une émission. Sa dernière à la radio…

Au matin, je ne reconnais plus mon homme. Lui qui la veille « pétait la forme » se réveille grabataire. Il peine à parler. Il ne peut pas marcher. Le moindre mouvement l'essouffle. Ce n'est pas que j'aie l'impression de revivre le cauchemar de l'année précédente, c'est pire ! Au prix de mille efforts, Laurent parvient à se caser dans ma petite voiture. Direction l'hôpital. Je prends le volant. Faire vite. Mais rouler doucement : la moindre portion de chaussée défoncée, la plus petite des secousses, la simple amorce d'un virage le font hurler de douleur. L'hôpital, enfin ! Je percute un camion garé dans la cour. Panique. D'un bras, je soutiens Laurent. De l'autre, je pousse les portes. Nous sommes maintenant dans les couloirs de l'hôpital. Je ne les avais jamais imaginés si longs ! Attente. Quelques minutes. Interminables. Un médecin nous reçoit et, après examen cardiaque et radio, constate que Laurent a du liquide dans le poumon. Ponction obligatoire. A l'aide d'une grande aiguille, le médecin lui en retire l'équivalent d'un verre puis nous rentrons à la maison où Laurent retrouve des couleurs. Je suis bluffée par sa capacité à passer de la plus alarmante des matinées au plus paisible des après-midi. Son corps semble celui d'un enfant : il se remet aussi vite qu'il se dérègle. Pour preuve, nous cédons à l'envie d'un tour à vélo dans le quartier, ensemble, Laurent s'offrant le luxe de me battre au sprint. Au risque de s'étouffer. Sa folie m'épate autant qu'elle me glace. Laurent mène une lutte permanente contre le cancer mais son obsession reste de ne pas se faire doubler par sa femme ! Pas question de perdre. Jamais. Quelle que soit la discipline. Je me souviens d'une partie de Scrabble où, pour la première fois, je menais largement. Il s'était accroché et avait fini par revenir de nulle part, me sortant in extremis le mot qui lui avait permis de me coiffer sur le poteau. Une victoire d'un point. Mais une victoire quand même. C'est tout ce qu'il retenait. Ce jour-là, je l'aurais volontiers étranglé. Lui qui gagnait tout le temps aurait pu laisser filer, pour une fois. Eh bien non ! Avec lui, tout était prétexte à compétition, à rivalité. Comme ce jour où nous nous baladions à vélo à Belle-Ile. Imaginez… Je suis en train d'en baver dans une côte, Laurent m'attend, lorsqu'un vacancier nous dépasse en faisant mine de nous toiser. Il a évidemment reconnu Laurent. Sur son vélo de course, dans son équipement de compétition, il en jette, il a une mine superbe. A côté de lui, avec nos vélos pourris et nos shorts, on ne ressemble à rien !

— Tu vas voir, me dit Laurent, piqué au vif.

Il laisse le vacancier prendre un peu d'avance. Puis, la main gauche sur le guidon et la main droite sous ma selle pour m'entraîner, il accélère la cadence et avec nos deux biclous, nous dépassons notre challenger avec autant de facilité que nous l'aurions fait sur une mobylette ! On n'a jamais revu l'insolent. Et moi, je n'ai jamais grimpé une côte aussi vite ! Ça l'amusait, Laurent, de montrer qu'il était le plus fort. Il n'était pas du genre à se démonter : un jour, à Monaco, alors qu'il participait à un tournoi de tennis en double avec Yannick Noah contre John McEnroe et le chanteur Michael Jones, il s'était offert le luxe d'un *ace* face au tennisman américain et avait trouvé ça tout à fait normal ! Bien sûr, parfois, il lui arrivait de perdre. Il avait alors une batterie d'excuses prêtes à servir. Une défaite au baby-foot ? Il avait les mains moites… Un drive qui sortait du fairway ? Il avait mal dormi… C'est sûr, il en a pété des clubs de golf ! Laurent ne supportait pas d'être médiocre et pouvait se vexer pour un rien. Ce fut le cas le jour où il croisa un fabricant de vélos couchés au Mondial du deux-roues où Laurent tenait le stand de son centre. Sûr de lui, il commanda quelques engins qu'il réceptionna quelques jours plus tard à Bagnères-de-Bigorre. Devant ses employés, il voulut montrer l'exemple. Le problème, c'est que le grand champion fut le seul à ne pas pouvoir faire deux mètres sans se rétamer ! Rires dans l'assistance, tronche de Laurent…

Cette détestation de la défaite, au service de laquelle il mettait son moral de guerrier et son mental en tungstène, a sans doute longtemps conforté Laurent dans l'idée que le cancer finirait par abandonner la partie. Il ne loupait pas une occasion de le signifier en dépit de son état. Il s'efforçait de voler un peu de vie à la maladie et c'est dans cet esprit qu'il me proposa de nous envoler pour Barcelone, à l'occasion des championnats d'Europe d'athlétisme. France Télévisions retransmettait l'événement, donc France Télévisions nous invitait. Mais ce qui promettait d'être une agréable parenthèse vira une fois de plus au cauchemar. Sur place, Laurent fut pris de transpirations excessives. Le détour par le stade, sur la colline de Montjuic, pour y récupérer nos accréditations, tourna à l'expédition. J'avais mal pour lui que le moindre effort fragilisait. La fatigue se lisait sur son visage.

A Barcelone, Laurent enchaînera les siestes. Quant à moi, je me revois, fermant doucement la porte de la chambre pour ne pas le réveiller. Je découvrais une ville que je connaissais peu, ses lieux touristiques, de la Casa Gaudi à la Sagrada Familia, avec une tristesse qui gâchait le plaisir. Des heures durant, j'arpentais les rues sans but précis, anonyme et seule, corsetée par la peine, à la limite de l'étouffement. J'aurais voulu hurler ma douleur, m'écrouler au vu et au su de tous, alerter la foule, mais à quoi bon ? Alors je marchais à m'en faire mal aux pieds et dans cette lente fuite, je retardais le moment où je retrouverais mon mari souffreteux, aux prises avec ses problèmes de respiration. Il sentait que l'eau était revenue dans ses poumons. Et je le revois, admirable, puiser dans d'improbables ressources physiques la force d'aller sur le plateau de Stade 2, émission retransmise en direct du stade. Ce fut sa dernière apparition sur la chaîne…

Retour à Paris, après un week-end objectivement calamiteux. Laurent, si prompt à exhiber sa force et sa confiance en ses capacités de résistance, montre des signes d'inquiétude. Avant de prendre l'avion, il a téléphoné à son médecin pour lui demander l'autorisation de monter à bord. Il n'était pas rassuré. Et dès le lundi, il court à l'hôpital pour s'y faire examiner. Il y restera quatre jours au cours desquels on lui retirera des poumons six litres de liquide ! Chaque jour, nous complétons notre culture médicale : cette fois, les médecins nous expliquent que l'enveloppe qui recouvre les poumons, la plèvre, fabrique ce liquide pour se défendre contre les métastases qui la touchent.

Tout cela, évidemment, ne me dit rien qui vaille. Et même si je m'emploie à donner le change, il n'est qu'à faire l'inventaire de mes maladresses pour comprendre que le stress gagne. Pour preuve, nous passons le week-end en Normandie après un trajet qui ressemble à un parcours d'autotamponneuse : au péage, je frotte le bas de caisse de la voiture contre un muret et un peu plus loin, sur un rond-point mal engagé, je sors carrément de la route. Je perds les pédales, dans tous les sens du terme. Entre deux sanglots, s'installe comme une évidence : je ne maîtrise plus rien. Il y a comme un parallèle entre l'aggravation si visible de l'état de Laurent et mes faux gestes, révélateurs d'une impuissance à affronter quelque chose qu'au fond de moi, je redoute. Sur le golf d'Etretat, sans que les choses soient formellement énoncées ni même établies dans mon esprit, j'accompagne Laurent pour un parcours dont je pressens que c'est le dernier. Il trouve quand même le moyen de lancer à ses adversaires, des amis :

— Vous allez voir, même malade, je vais vous battre !

Puis il respire l'air de la mer, dit qu'il se sent bien, qu'on est mieux ici qu'à Paris, profite du panorama qui s'offre à lui et regarde au loin, vers cet infini qui me fait penser à l'éternité.

C'est presque naturellement que le lundi, nous retournons à l'hôpital où Laurent s'installe pour la semaine. Une petite chambre, aux murs clairs. Mais elle est au rez-de-chaussée, donc sombre. J'y éprouve immédiatement une forme d'angoisse. A cause du seul manque de clarté ? Les poumons de Laurent produisent toujours autant de flotte. Une nouvelle opération s'impose. Nous changeons d'hôpital, direction l'autre bout de la capitale… C'est l'été, les vacances pour certains, et le malade n'a d'autre choix que d'aller là où le spécialiste se trouve.

12 août 2010 : Laurent a cinquante ans. Cela fait un moment que cette date me hante. Que faire ? Attendre que Laurent aille un peu mieux pour organiser à la maison et en présence de nos amis la grosse fête dont j'ai toujours rêvé ? Je me méfie. L'expérience prouve que depuis que nous nous connaissons, Laurent et moi avons un problème particulier avec les échéances qui comptent : notre voyage de noces et mon quarantième anniversaire ne sont-ils pas passés à l'as pour cause d'imprévus ? Un tiens vaut mieux que deux tu l'auras… Cinquante ans, ça se fête, même à l'hôpital ! Et puis, pas question de laisser Laurent seul en cette journée même s'il est cette fois bien installé. Sa chambre, immense, est inondée d'une lumière naturelle que laissent passer deux grandes fenêtres. Elle est équipée d'un canapé en cuir beige et d'une table basse. N'était le lit médicalisé, on se serait cru dans la suite d'un bel hôtel. Reste à remplir les lieux. Evidemment, tout le monde est à la plage… Je parviens néanmoins à réunir une partie de ma famille et quelques amis en transit entre deux lieux de villégiature pour un apéro dînatoire arrosé au

champagne. Un anniversaire sans cadeau n'étant pas un anniversaire, nous offrons à Laurent un magnifique bronze qu'il avait repéré quelques mois auparavant dans une galerie parisienne. Un cadeau, une présence, quelques bulles et un peu d'insouciance… L'illusion du bonheur tient à peu de chose et elle est, en ces circonstances, plus précieuse que jamais. J'ai toujours, dans mon téléphone portable, ce SMS reçu le soir même : *Merci ma chérie pour cette soirée d'anniversaire inoubliable. Beau cadeau. Je t'aime et ne t'inquiète pas, nous allons surmonter tout cela. Bizzzzzzz, Lolo qui t'aime.*

Lolo qui m'aime, Lolo qui m'embrasse, Lolo qui me remercie pour cette soirée inoubliable… Inoubliable en effet, ce moment où le cancer fut tenu à distance. Inoubliable en effet, cette impression d'avoir redonné espoir à l'homme que j'aime. Inoubliable en effet, son sourire en découvrant le bronze qu'aujourd'hui, je regarde avec un gros pincement au cœur : Laurent n'en a profité qu'une heure parce que je l'ai rapporté à la maison dans la soirée. Je ne savais pas, alors, qu'il ne quitterait cet hôpital que pour un autre hôpital. Je ne savais pas, alors, que Laurent ne reverrait jamais la maison. Je ne savais pas… Mais mon inconscient, lui, savait sans doute… Sinon, comment expliquer que je me sois empressée de finir la pose du nouveau parquet dans le but de lui faire une surprise à son retour, et que j'aie finalement abandonné cette idée, aie pris quelques photos pour les lui montrer sur son lit d'hôpital ? Comment expliquer que j'aie ainsi vendu la mèche ? Comment l'expliquer, si ce n'est parce que je sentais au fond de moi que Laurent ne foulerait jamais ce parquet ?

« Qu'il aille mourir ailleurs »

Un homme laid ne doit pas
reprocher au miroir d'être de travers.
Proverbe chinois

Je n'ignore rien de la difficulté d'exercer une profession médicale. Je lis la presse, regarde la télé, écoute la radio, bref je m'informe et suis plutôt réceptive au petit refrain médiatique qui nous rappelle à échéance régulière que l'hôpital public manque de moyens mais qu'on y trouve encore des femmes et des hommes, médecins, infirmières, infirmiers, compétents et dévoués. Toutes et tous, je l'imagine, ont choisi leur métier. J'ai toujours pensé qu'on n'atterrissait pas dans ce milieu par hasard, qu'il fallait avoir senti grandir en soi une vocation pour être amené à s'occuper de l'autre, à côtoyer la maladie voire la mort, sans lésiner sur les horaires ni, pour certains, se préoccuper du bulletin de paie. Qu'il s'agisse de retaper un individu, de le sauver, de le guérir ou de l'accompagner, rien ne peut se faire sans cet altruisme si souvent célébré mais au fond si peu répandu dans nos sociétés matérialistes et égocentriques. J'écris ces lignes avec d'autant plus de respect pour le corps médical que j'ai conscience que, précisément, cet égocentrisme peut facilement gagner le malade et son entourage : ceux qui souffrent ont parfois besoin d'une forme d'exclusivité, ou d'avoir l'illusion qu'on s'occupe d'eux et seulement d'eux, que leur cas occupe cent pour cent du temps du corps médical. Tout cela n'est hélas qu'un vœu pieux auquel, je dois le reconnaître, Laurent n'a jamais souscrit. C'est plutôt moi qui ai eu tendance à souhaiter toujours plus, toujours mieux pour l'homme que j'aimais.

Dès lors, il m'est souvent arrivé de pester contre certains membres du corps médical, de relever ce que je prenais pour de l'incompétence, de dénoncer telle ou telle forme de laisser-aller, de m'emporter contre une erreur de jugement. Tous nuls ? Certainement pas ! Mais à coup sûr pas tous irréprochables. J'eus, à maintes reprises, l'occasion de m'en persuader…

Après son opération, Laurent se retrouve avec un drain planté dans le poumon. C'est par là qu'est évacuée l'eau produite par la plèvre. Chaque jour, une infirmière passe pour une petite inspection : elle procède au nettoyage du drain pendant que Laurent en tient l'extrémité. Il doit faire très attention, ne surtout pas l'enlever. Au troisième jour, Laurent, fatigué, laisse faire l'infirmière. Seule. Et ça ne loupe pas : elle arrache le drain ! Panique : impossible de réopérer Laurent pour lui remettre ce fichu drain, le chirurgien spécialiste étant parti en vacances. L'infirmière lui téléphone puis revient auprès de Laurent pour lui poser une poche autocollante qui « fera office de drain ». J'entends encore ses mots : « fera office ». J'hallucine ! J'ai du mal à me faire à l'idée qu'un simple sticker collé sur la chair ouverte puisse être aussi efficace qu'un drain. Peut-être ai-je tort ? Mais dans ce cas, qu'on me le démontre, qu'on m'explique les choses. A cette occasion, rien de cela n'a été fait et j'ai eu le sentiment qu'on se contentait de faire du rafistolage, dans un esprit qui relevait davantage du concept *nature et découverte* que de la démarche qualité façon *ISO 9000*…

Anecdotique ? Peut-être… Mais pas pour moi ! Le corps médical, dont, encore une fois, j'ai conscience qu'il ne fait pas un métier simple, doit mesurer la violence faite aux malades et à leur entourage à travers une flopée de comportements, anodins pour lui mais insupportables pour ceux qui souffrent.

Non, je n'ai pas supporté que, alors que Laurent perdait chaque jour un peu de poids et que je m'en inquiétais, aucun médecin n'ait été en mesure de me donner une explication.

Non, je n'ai pas supporté la désinvolture de cette employée de l'hôpital qui, tout en posant un plateau-repas sur la tablette de Laurent, lui a dit :

— Sans résidu…

— Ça veut dire quoi ? lui a demandé Laurent.

— Je ne sais pas, lui a-t-elle répondu avant de tourner les talons, nous laissant là comme deux idiots (ce que Laurent et moi pouvions encore supporter) mais surtout ignorants de ce que l'on pouvait ou ne pouvait pas faire, de ce que l'on devait ou ne devait pas faire…

Non, je n'ai pas supporté qu'on propose systématiquement à Laurent de choisir son menu et que, jamais, il n'ait eu ce qu'il avait demandé.

Non, je n'ai pas supporté la bêtise de cette tornade faite femme qui s'est entêtée à jouer du balai… Quand elle débarque dans la chambre silencieuse et plongée dans la pénombre, je lui explique que Laurent dort et que les médecins disent qu'il a besoin de repos. Je lui dis que le ménage peut attendre et lui suggère de repasser plus tard. Sourde ou faisant mine de l'être, la fée du logis allume alors la lumière, passe son balai en prenant bien soin de taper dans tous les coins de la pièce et tant qu'à faire sur les pieds du lit. Ensuite, elle tire la chasse et claque la porte. Mission accomplie : Laurent est réveillé…

Non, je n'ai pas supporté l'absurdité de certains règlements ou comportements. Un soir, je rends visite à Laurent que je trouve endormi. Il s'agite plus que de coutume et a visiblement du mal à respirer. Je cours informer les infirmières en leur demandant de lui administrer un calmant ou un anxiolytique.

— Ah, on ne peut pas le faire sans l'aval du patient, me répondent-elles.

— Mais quelqu'un lui a-t-il seulement posé la question ?

— Heu non…

J'étais consternée.

Non, je n'ai pas supporté qu'au moment d'accompagner Laurent aux toilettes, l'aide-soignante censée m'aider n'ait pas su comment s'y prendre avec tout le barda qu'il fallait traîner (l'oxygène, la perfusion, le drain et j'en passe), et que ce soit Laurent qui, finalement, le lui ait plus ou moins expliqué. Pas plus que je n'ai supporté l'épisode du Tarceva…

Le Tarceva est un médicament administré par voie orale que, quelques jours avant sa mort, les médecins ont prescrit à Laurent. Ils reconnaissaient qu'ils y mettaient leurs derniers espoirs… Le cachet devait être pris tous les jours à la même heure, en l'occurrence à 14 heures, crois-je me souvenir. Un après-midi, sur le coup de 16 heures, Laurent trouve la force de me murmurer qu'il n'a pas eu son cachet à 14 heures. Je vais aux nouvelles auprès de la personne de garde à l'étage. Médecin ? Infirmier ? Je ne sais. C'est un homme, il porte une blouse blanche et c'est en tout cas le seul interlocuteur disponible ce jour-là. Apparemment, je le dérange.

— Oui, eh bien moi, je ne sais pas où il est ce médicament, je ne peux pas m'occuper de tout, j'ai une transfusion à faire.

Sur le moment, mi-sidérée mi-excédée, j'éprouve une grosse envie de meurtre.

— Quoi ? Vous ne trouvez pas son médicament ? L'équipe de nuit ne l'a pas laissé quelque part ? Elle n'a pas laissé de message ? Ce n'est pas normal !

J'écume.

En plus, il me prend pour une imbécile : il fait mine de chercher pendant trois secondes et croit s'en tirer par quelques paroles apaisantes :

— Ce n'est pas grave, votre mari prendra son cachet lundi. De toute façon, il n'y en a pas, ni ici ni dans la réserve pharmaceutique de l'hôpital.

Cette fois, c'est sûr, je vais le tuer ! Pour que le traitement fonctionne, il faut que le cachet soit avalé tous les jours à heure fixe, sans interruption, on nous l'a assez dit ! Et j'ai devant moi une blouse blanche qui me file des rendez-vous à quarante-huit heures ! Mais si ça se trouve, il sera mort d'ici là Laurent ! Je hurle :

— Lundi ? Sans blague ! On est samedi ! OK, vous êtes débordé, OK, vous êtes seul dans le service, OK, vous avez une transfusion à faire mais moi, j'ai mon mari qui est en train de mourir à côté !

Je suis à deux doigts de lui sauter à la gorge. Je lui dis que je vais appeler le Grand Docteur et là, j'entre de plain-pied dans l'intimité de la grande famille médicale :

— C'est ça, appelez-le ce gros con ! S'il rendait visite aux malades, il verrait comment ça se passe dans son service !

Je suis atterrée. Céline, une amie qui vient rendre visite à Laurent, débarque en pleine séance de catch verbal, prend le truc en route mais comprend vite qu'il y a urgence. Il nous faut du Tarceva ? On va en trouver ! Quitte à se taper toutes les pharmacies de garde de la région parisienne ! Avec Céline, nous nous asseyons par terre, dans le couloir de l'hôpital, hors de la vue de Laurent qui a perçu quelques cris mais ne comprend pas réellement ce qui se passe. Céline repère les pharmacies de garde sur son iPhone. Moi j'appelle. A la cinquième réponse négative, je raccroche avec tristesse : on vient de m'expliquer qu'aucune pharmacie ne dispose de ce médicament en stock parce qu'il est très onéreux et que, par conséquent, il ne s'obtient que sur commande.

Je me remotive : je dois parler au Grand Docteur ! Je parviens à le joindre sur son lieu de vacances. Et comme par enchantement, une demi-heure après, le cachet arrive sur un plateau… Qui me l'apporte ? L'homme à la blouse blanche ! J'ai bien fait de ne pas l'étrangler…

— Tenez, me dit-il, mais attention, le cachet peut faire fausse route…

Autrement dit, Laurent peut s'étouffer là, devant moi… La blouse blanche, sans doute vexée, a déjà tourné les talons. Me voilà seule avec ce petit cachet, si blanc, si cher, si précieux, que je dois faire avaler à Laurent.

Je n'ai jamais su si le mec de garde ignorait réellement où se trouvait le cachet, ou s'il en avait volontairement privé Laurent parce qu'il savait le traitement inutile. Dans cette hypothèse, pourquoi n'a-t-il pas utilisé un placebo ? Cela m'aurait apaisée, rassurée, et je n'aurais rien su du stratagème. D'ailleurs j'y pense, si ça se trouve… Bref, cet épisode m'a touchée psychologiquement autant qu'il a angoissé Laurent. Et je considère que rien ne peut justifier un tel comportement, pas même le fait que notre blouse blanche ait effectué ce samedi-là son dernier jour dans cet hôpital parisien avant sa mutation en province. Je l'ai appris de la bouche du cheval en fin de journée et cela n'a fait que décupler mon agacement.

Incompétence ? Inconséquence ? Je-m'en-foutisme ? Surmenage ? Appelez ça comme vous voudrez mais pour moi, c'est inacceptable. Certains, en lisant cela, se sentiront offusqués ; d'autres retrouveront dans ces lignes quelque chose qu'ils ont vécu, le reflet de leur propre expérience. Chacun y puisera ce qu'il veut. Moi, je ne revendique que le droit d'exprimer ici mon étonnement, là ma colère et, au moins en une occasion, mon profond dégoût : cela s'est passé le 12 juin 2010, donc peu avant le dernier été. Nous sommes alors, Laurent et moi, à Biarritz, en compagnie de quelques amis parmi lesquels se trouve celui qui avait insisté pour que nous allions voir le Grand Docteur, dont certains célèbrent les vertus sans forcément les vérifier… Laurent en profite pour dire sa déception, le Grand Docteur l'ayant reçu sans, rappelez-vous, avoir préalablement pris connaissance du dossier médical. Surpris, l'ami qui nous a conseillé envoie un SMS au Grand Docteur, résumant ce que Laurent vient de lui dire. Le Grand Docteur répond par retour de SMS que Laurent n'a jamais su ce qu'il voulait, qu'il a changé plusieurs fois de médecin, faisant mine d'oublier que si Laurent a fait du nomadisme médical, c'est parce qu'on l'a trimbalé de spécialiste en spécialiste : tube digestif, pancréas, estomac, poumons, etc. S'ensuit un nouvel échange de SMS au terme duquel le Grand Docteur clôt la conversation en ces termes : « Qu'il aille mourir ailleurs. »

Ce SMS, Laurent n'aurait jamais dû le voir. Mais il l'a vu…

Comment un médecin de l'envergure du Grand Docteur peut-il se permettre de dire ce genre de chose, quand bien même le patient ne serait pas destinataire du message ?

Laurent, qui jusque-là s'était toujours efforcé de faire confiance à la médecine, n'en est pas revenu. Ce jour-là, quelque chose s'est cassé en lui. Il ne savait plus que penser. Quant à moi, j'ai eu l'impression qu'on l'assassinait tout en m'arrachant le cœur… Nous étions une dizaine, attablés dans un restaurant. Autant dire que le déjeuner fut plombé et qu'après le SMS, on entendit plus le bruit des couverts que les éclats de voix de la bande d'amis.

— Mais tu sais quoi ? Je vais lui péter la gueule moi, éructe Laurent une fois rentré ! J'y retourne demain et on va parler ! Tu te rends compte ? Que j'aille mourir ailleurs ? Si je racontais ça à la presse...

Dieu merci, Laurent attendit une quinzaine de jours avant d'aller demander des comptes au Grand Docteur. Sa colère était partiellement retombée. Je m'abstins de l'accompagner. Il n'est pas sûr que j'aurais goûté jusqu'au bout les explications foireuses du Grand Docteur qui, sans se démonter ni exprimer le moindre regret, expliqua à Laurent que le texto ne lui était pas destiné, qu'il ne voulait aucun mal à son illustre patient, qu'il avait juste voulu provoquer l'ami qui lui faisait des reproches, et que maintenant, Laurent, tu comprends, ceci, cela, il faut se reconcentrer sur les traitements en cours... Il faut reconnaître qu'à compter de ce jour, le Grand Docteur se montra disponible, charmant, prévenant et s'occupa personnellement de Laurent. Nous n'avons jamais reçu de facture. Sans doute se sentait-il morveux... Aujourd'hui encore, je n'aimerais pas le croiser et l'entendre faire son numéro de grand humaniste. J'en aurais la nausée. Désolée, je n'arrive pas à pardonner...

Tous ces griefs, ainsi exprimés envers des professionnels de santé qui valent sans doute mieux que ce qui suinte de ce récit (je veux croire que personne n'est complètement mauvais, à commencer par le Grand Docteur dont je suis sûre qu'il a quelques qualités humaines), ne sauraient faire oublier les moments harmonieux vécus en compagnie de personnes attentionnées, plus imprégnées de savoir-faire que préoccupées de faire-savoir...

Je n'oublie pas ces personnes, admirables, qui œuvrent dans la discrétion.

Je n'oublie pas ces infirmières du service de soins intensifs qui passaient régulièrement, blaguaient, essayaient de dédramatiser la situation tout en s'activant. Elles prenaient la température de Laurent, vérifiaient son oxygène, lui tâtaient le pouls. Autant de gestes banals, sans doute pas toujours indispensables, mais qui me donnaient l'impression que Laurent était sous haute surveillance. J'en étais rassurée. Leur enthousiasme me fascinait autant que m'avait consternée l'attitude de certains ou certaines de leurs collègues. On les sentait animées par le désir de bien faire, la volonté d'être efficaces, comme ce jour où, au hurlement d'une sirène, je les vis toutes jaillir dans le couloir pour se ruer à l'étage avec du matériel lourd dans des sacs à dos. Chacune semblait connaître son rôle. Leur assurance m'épatait. Leur célérité me sidérait. Quelqu'un venait probablement de faire un arrêt cardiaque… Un quart d'heure plus tard, tout le monde avait regagné sa place, sans un bruit, sans le moindre commentaire. Elles venaient juste de sauver une vie. Une broutille.

Je n'oublie rien de tout cela, les pires comme les meilleurs moments, oui, les meilleurs car l'on peut, même dans le plus épouvantable des contextes, connaître des instants de grâce. Un jour, Laurent et moi étions plongés dans la pénombre d'une toute petite chambre avec vue sur la cour – la plus sordide dans laquelle il ait séjourné au cours de ses multiples hospitalisations. Assis dans un fauteuil, Laurent avalait tant bien que mal, avec une paille, un chocolat au lait posé sur une tablette à roulettes. J'étais en face de lui.

— Tu n'imagines pas dans quel sale état je suis, me dit-il en enfouissant sa tête dans ses mains.

Je lui répondis par un silence qui témoignait autant de mon anéantissement que de mon incapacité à le consoler. C'est alors que quelqu'un poussa la porte entrouverte, pénétra dans la chambre et s'assit à côté de nous. C'était une infirmière. Elle était brune, enrobée, d'apparence joviale. Elle prit la main de Laurent :

— Ça n'a pas l'air d'aller fort monsieur Fignon, murmura-t-elle d'une voix douce. N'est-ce pas... Est-ce que vous avez peur ? Est-ce que vous avez mal ?

— Oui j'ai mal... Mais je n'ai pas peur...

Laurent a clos le dialogue d'un haussement d'épaules. Il réagissait souvent de la sorte lorsqu'il ne savait pas quoi répondre. Il haussait les épaules. Un si court dialogue, mais un dialogue si important. L'infirmière avait-elle entendu Laurent me parler ? Nous épiait-elle derrière la porte ? Je n'en sais rien. Ce que je sais, c'est qu'elle avait été là, présente à l'instant « t », celui où je n'avais pas su quoi dire à Laurent. Sa présence avait pallié mon silence, elle avait pris le relais, discrètement, élégamment, naturellement, avant de me proposer un café et de s'en retourner sur la pointe des pieds, comme pour ne pas perturber ces minutes de recueillement qui nous appartenaient, à Laurent et à moi. Je ne connais de cette femme ni le nom ni le prénom, ni l'âge ni le moindre détail concernant sa vie. Je crois juste que c'est une belle personne qui a su, en quelques mots choisis, dispenser cette chaleur qui vous emplit quand on s'intéresse à vous. Son passage éphémère dans ma vie lui vaut ma reconnaissance éternelle.

*

Michel Cymes : « J'ai honte. »

Comment le médecin que je suis peut-il réagir après avoir lu ce témoignage ? Se défendre ? Défendre sa profession ? Ses confrères ? Expliquer pour la énième fois que ce métier est difficile ? Oui, nous, médecins, chirurgiens, sommes formés pour sauver des vies, pour soulager. Le dire n'est pas convaincre, j'en suis conscient. Pourtant, comme beaucoup de mes confrères, je crois dur comme fer à la noblesse de cette mission et c'est peut-être ce qui explique que le jour où nous nous apercevons que nous ne pouvons plus rien faire pour un patient, il puisse nous arriver de fuir. Je ne saurais dire ici comment gérer cette impuissance à laquelle nous pouvons être brutalement confrontés. Un mot, cependant, me vient à l'esprit. Un mot, un seul : empathie.

Ce mot, tous les médecins devraient l'avoir dans un cadre posé sur leur bureau. Ainsi, ils le liraient tous les jours. Plusieurs fois par jour. En s'asseyant, ils verraient : empathie. Avant de recevoir un patient, ils verraient : empathie. A tout moment : empathie.

Hélas !, ce mot, empathie, certains confrères ne savent même pas l'écrire…

Quand Valérie m'a raconté l'histoire de ce SMS, j'en suis resté bouche bée. La honte m'a envahi. Qu'il aille mourir ailleurs ? Honte qu'un médecin puisse se permettre d'adresser un tel message. Honte qu'il puisse ne serait-ce qu'y penser. Je l'imagine, prenant le temps de taper sur son petit clavier, une à une, les lettres qui composent ce message. Un « q », un « u », une apostrophe, un « i », un « l », un espace, un « a » et ainsi de suite jusqu'au bout de ces vingt-quatre signes, jusqu'au bout de l'horreur.

Q-u-'-i-l-a-i-l-l-e-m-o-u-r-i-r-a-i-l-l-e-u-r-s… Que ne s'est-il arrêté à temps ? Comment a-t-il pu ? Faut-il qu'il se sente intouchable, faut-il qu'il se prenne pour je ne sais quoi ou qui pour oser une telle formule… Et comment peut-il ne pas comprendre qu'un patient, à qui personne ne propose rien ou presque, ait besoin de consulter plusieurs spécialistes avec le secret espoir que l'un d'entre eux lui apportera une solution ou, à défaut, une lueur d'espoir.

S'est-il une demi-seconde imaginé, le Grand Docteur, dans la peau du patient auquel on annonce qu'il a un cancer ? S'est-il imaginé, le Grand Docteur, la panique que cela engendre ? A-t-il, le Grand Docteur, été un jour confronté à la perspective de sa propre mort ? Faudrait-il aller jusqu'à le lui souhaiter pour qu'une bonne fois pour toutes, il comprenne l'indicible dénuement de celui qui consulte plusieurs spécialistes jusqu'à ce que l'un d'entre eux lui dise droit dans les yeux, froidement :

— Vous êtes foutu !

Evidemment non…

Cet épisode me bouleverse autant qu'il me fait enrager car il se passe que je suis, moi aussi, passé de l'autre côté de la barrière, je suis, moi aussi, devenu patient : je sais ce que c'est que d'attendre la visite du médecin dans une chambre lugubre, je sais ce qu'on ressent lorsqu'on patiente plusieurs jours dans l'attente du résultat d'un examen. De ce genre d'expérience, on ressort instruit pour toujours. Il y a un avant, il y a un après. La leçon de vie reçue à cette occasion m'a conduit à exercer mon métier différemment. C'est un sentiment diffus, difficilement exprimable, mais réel. Peut-être ai-je, aujourd'hui, une perception exacerbée de ce que ressent le patient… Peut-être suis-je plus attentif que je ne l'ai jamais été à ses attentes… Il m'est arrivé, il m'arrive et il m'arrivera encore d'être ému quand un patient prend conscience de la gravité de sa maladie. Ce n'est d'ailleurs pas la meilleure façon de prendre le recul nécessaire à l'efficacité de mon action. Cette émotion, je dois en tenir compte, la contenir sans sacrifier mon empathie, la gérer sans renier ce que je suis, médecin et néanmoins humain…

Il y a et il y aura toujours cette aura dont bénéficient les médecins… Elle n'a pas fini de rayonner et chacun, à son niveau, en est responsable. Qu'un médecin soit recommandé par un ami ne signifie pas que le médecin en question est compétent. Nous vivons, de plus, dans une société médiatique dont je peux, au quotidien, évaluer les dysfonctionnements. Combien de personnes m'ont abordé au prétexte que je suis médecin ET médiatique ? Combien de personnes ont tenté de savoir dans quel hôpital je consulte parce qu'elles étaient attirées par ma notoriété ? Combien de personnes s'imaginent que, parce que « je parle à la télé », je sais tout sur tout ? Je le dis aux patients : on peut être médiatique et compétent mais l'un n'entraîne pas systématiquement l'autre… Il existe même des médecins qui, une fois devenus stars, en oublient leur métier premier, finissent par le perdre et deviennent de mauvais spécialistes. Oui, mauvais. A la limite de l'incompétence. Il faut oser le dire. Et, comme beaucoup de mes confrères, j'ai souvent dissuadé des patients fascinés par l'omniprésence médiatique de certains confrères de les consulter.

J'ai, depuis que j'exerce ce métier, observé une chose : à chef de service exigeant, aimable, respecté, empathique, personnel remarquable ; à chef de service mégalo, absent, non respecté, personnel paumé, livré à lui-même. C'est une constante. Il en va ainsi dans tous les services par lesquels je suis passé. La « fée du logis » qui à grands coups de balai réveille un patient ne fait que refléter l'état d'esprit du patron du service hospitalier. Il pourra toujours expliquer que le patient doit être au centre de notre métier, il ne dupera personne ! Non Valérie, tous les médecins n'ont pas choisi ce métier par vocation. A commencer par moi : je l'ai choisi parce que j'étais attiré par le prestige dont jouit le chirurgien. Mais ce métier, je l'ai aimé, et je l'aime encore. Passionnément.

Laurent est parti

Le mourant dit qu'il va aller compter les étoiles
et qu'il reviendra quand il les aura toutes comptées.
Proverbe tahitien

Laurent est parti à midi et demie, le 31 août 2010. Le jour de nos treize ans. Il s'est éteint devant l'un de ses associés, son ami Bernard Doisy. Je venais de quitter la chambre pour les laisser ensemble.

— Il a inspiré longuement puis il a soufflé très fort. J'attendais une autre inspiration et elle n'est pas venue, m'a simplement dit Bernard.

Je savais ce dernier souffle imminent. Il est arrivé avec douceur, l'effet de la morphine sans doute… Cela faisait quarante-huit heures que Laurent était dans un état comateux. Quelques jours auparavant, alors que j'arrivais à l'hôpital pour lui rendre visite, j'étais tombée nez à nez avec une femme en blouse blanche accompagnée de deux médecins. Le trio avait emprunté le même couloir que moi, s'était dirigé vers la même chambre que moi, s'était arrêté devant la même porte que moi. Il était clair que nous allions au même endroit. J'avais alors posé mon regard sur le badge que portait à la poitrine la femme en question :

« Soins palliatifs ». J'avais immédiatement imaginé que Laurent le verrait aussi lorsqu'elle se présenterait à lui et comprendrait qu'il était condamné. Elle avait immédiatement perçu mon malaise :

— Ce n'est pas ce que vous croyez… Les soins palliatifs permettent aussi de gérer la douleur… On va régler ses doses de morphine, on va faire en sorte qu'il ait plus de confort…

— Je sais ce que les soins palliatifs veulent dire, avais-je répondu, face à ce discours qui me touchait sans m'atteindre…

Les médecins s'étaient pressés autour de Laurent avant d'improviser un conciliabule dans le couloir. Je les avais vus se disposer en cercle, j'avais noté la gravité de leurs visages, j'avais deviné, en les observant à travers le hublot de la porte de la chambre, qu'ils parlaient à voix basse, ils avaient vu que je les avais vus et ils s'étaient déplacés de quelques mètres, histoire de sortir de mon champ de vision… Je crois leur en avoir un peu voulu, alors, de ne pas avoir eu la pudeur d'aller spéculer un peu plus loin sur l'heure de la mort de Laurent. Car quoi qu'ils se soient dit, pour moi, ils ne pouvaient parler que de cela.

Je ne sais ce qui est le moins insupportable : savoir ou ne pas savoir ? Parfois, la mort arrive sans crier gare et c'est sans doute épouvantablement violent. Là, on ne peut pas dire que je n'avais pas été prévenue… En dix-huit mois d'un combat quotidien jalonné de désespoirs, entre « *Good luck* » et SMS assassin, entre la dame des soins palliatifs et le défilé des proches, j'avais eu le temps de me faire à l'idée de la disparition de Laurent… N'empêche : il y a une différence entre deviner les choses et se les entendre dire… Comme une digue qui saute, la dernière, emportant la possibilité d'un sursis, l'illusion d'un miracle… Les médecins, apprendrais-je bientôt, avaient eu du mal à se faire une opinion : étais-je prête à recevoir la nouvelle ? Ils avaient donc délégué. C'est le Professeur Gérard Saillant (ancien chirurgien orthopédiste et traumatologique, ami de longue date de Laurent) qui m'avait attrapé le bras alors que nous prenions l'air dans la cour de l'hôpital. Il faisait beau. Et je l'avais sans doute aidé en prenant la parole en premier :

— Tu as vu les médecins ? Ils disent quoi ?

— Ils ne savent pas trop si tu es prête à entendre qu'il n'y a plus rien à faire. C'est une question de jours maintenant. Un jour, deux jours, dix jours, on ne sait pas trop mais c'est la fin, Valérie.

Je n'avais pu retenir mes larmes, c'était devenu une habitude. Je m'étais arrêtée de marcher, Gérard m'avait serrée dans ses bras.

— Les médecins sont persuadés qu'il n'y a plus rien à faire, Valérie…

— Et toi, tu penses quoi ?

— Tu sais, s'ils ont essayé tous ces traitements, c'est parce que Laurent était costaud et pouvait les supporter mais normalement, ça fait un moment qu'ils auraient dû arrêter. Après, ça devient de l'acharnement thérapeutique et ce n'est pas bon. Ni pour Laurent, ni pour toi, ni pour la famille.

Evanescence de l'espoir… Au fond de moi, je savais tout cela mais avais toujours refusé d'y croire. Chaque petit sursaut de Laurent m'avait conduite à penser qu'il pouvait aller mieux, donc s'en sortir. Les mots de Gérard, eux, m'ancraient à la réalité et tout cela, au fond, avait du sens. Cela avait du sens parce que c'était lui qui les prononçait, lui le professeur en médecine qui, vingt-cinq ans auparavant, avait opéré Laurent du tendon d'Achille. Laurent me l'avait présenté comme l'homme qui lui avait permis de retrouver le niveau international. C'était l'homme de la guérison, l'homme de toutes les attentions. Nous avions ri à l'évocation de ces après-midi entiers passés devant sa télé, lors du Tour 86, pour voir si le tendon de Laurent tenait le coup, au grand dam de son épouse, Camille, qui n'en pouvait plus de ce Fignon qu'elle ne connaissait même pas et qui accaparait son mari ! La parole de Gérard Saillant, quelle qu'elle ait pu être, était crédible à mes yeux. Et c'était bien qu'il m'ait parlé, qu'il ait été là, qu'il ait pu serrer une dernière fois Laurent dans ses bras, qu'il n'ait pas cherché à masquer ses sanglots.

Si j'étais désemparée, il l'était autant que moi : je l'avais regardé s'éloigner, silhouette voûtée sous le soleil. Lui aussi encaissait le coup.

J'étais remontée dans la chambre où Laurent m'avait accueillie avec la pire des questions au pire moment :

— Qu'est-ce qu'ils disent les médecins ? Mon traitement, il marche ?

— Pour l'instant non. Mais il faut du temps…

Les médecins s'étaient demandé si j'étais assez solide pour encaisser la vérité et j'en avais été au même point avec Laurent… Lui dire la vérité ? Je n'avais pas pu, je n'avais pas su. Les mensonges d'amour sont les plus beaux, surtout lorsqu'ils sont réciproques… Car Laurent ne m'avait sans doute pas crue.

Il n'avait été dupe de rien, Laurent. Ni de sa déchéance ni de l'image qu'il avait renvoyée. A tel point que, lors de son ultime séjour à l'hôpital, il m'avait dit et redit qu'il ne voulait voir personne. Aurais-je dû aller à l'encontre de ce qu'il souhaitait ? Rameuter les uns et les autres dans son dos ? Je n'en avais eu ni le temps ni le courage ni même l'envie, par respect pour ses dernières volontés, maintes fois énoncées, selon lesquelles il ne voulait pas qu'on le voie sur un lit d'hôpital, les gens devant conserver « une autre image » de lui.

Pour autant, ceux qui étaient passés avaient été accueillis comme il se devait : avec fraternité. Il y avait eu Laurent Loulier, son ami kiné venu lui masser les jambes comme au bon vieux temps de la compétition. Ces jambes-là, il les connaissait par cœur, il leur avait fait faire des miracles, elles qui avaient pédalé quelque 600 000 kilomètres. Il y avait eu Vincent Barteau, l'équipier, le témoin de mariage, celui avec lequel Laurent avait fait les quatre cents coups. Combien de fois avaient-ils partagé une chambre ? Plusieurs centaines, plusieurs milliers de fois ? Leur vie de cycliste professionnel, ils l'avaient passée à l'hôtel et depuis, ils formaient une sorte de vieux couple uni par une complicité à laquelle moi-même je n'avais pas toujours accès. Imaginez qu'à l'issue de leur carrière, sur les routes du Tour, quand Laurent commentait la course pour la télé et que Vincent s'était reconverti dans le sponsoring, ils ne changèrent rien à leurs habitudes ! Le soir, dans les villes-étapes, ils comparaient leurs chambres d'hôtel et se retrouvaient dans la plus confortable ! Ensemble, ils avaient jadis versé des tonnes de larmes de rire et au moment de pleurer pour de bon, Vincent avait trouvé le moyen d'arracher un sourire à Laurent. Car Vincent, qui venait souvent à la maison, empruntait régulièrement des vêtements à Laurent et oubliait de les lui rendre. Quand ils se recroisaient Laurent le prenait par le collet :

— Dis donc, c'est pas une chemise à moi ça ?

Ou un pull, ou un polo…

A présent, Vincent, assis à côté de Laurent, lui caressait le dos à travers un tee-shirt et, se penchant vers lui l'air goguenard, lui demandait :

— Dis donc, c'est pas un tee-shirt à moi ça ?

Laurent avait souri. Son dernier sourire. Dehors, il faisait un temps radieux.

Vincent, Didier, Jacques, Marthe, Tiphaine, Jérémy, Espérance, Marie, Stéphane, Céline, Yves, Pierre, Bernard, Gérard, les deux Alain, Gallopin et Bondue, et tant d'autres… Tout ce petit monde s'était relayé dans la chambre aux murs jaune pâle pour accompagner l'ami, le frère, le fils, le père…

Quand Laurent est mort, une infirmière s'est évanouie et la presse s'est réveillée… La dépêche de l'Agence France-Presse est tombée à 12 h 35, autant dire à l'heure idéale pour faire la une des journaux radio et télé de la mi-journée. La France qui déjeunait n'en revenait pas : comment un homme qui, un mois auparavant, avait commenté avec brio le Tour de France, pouvait-il ainsi disparaître ?

Comme lors de l'annonce du cancer, mon portable s'est remis à jouer les gyrophares. Curieusement, celui de Laurent aussi : il était mort mais on l'appelait ! C'était absurde et beau. En quelques heures, son répondeur fut saturé de messages d'adieu. Journalistes, micros et caméras ont investi la cour de l'hôpital. Une infirmière m'a conseillé de tirer le rideau de la chambre dont il m'était sorti de la tête qu'elle était au rez-de-chaussée, l'étage préféré des paparazzis. Et il a fallu planter un garde de sécurité devant la chambre car il n'était pas à exclure qu'un amateur de scoop se déguisât en infirmier ; c'était déjà arrivé lorsque Laurent s'était fait opérer, en 1985.

Autour de Laurent, ses parents, son frère, ses deux enfants et moi-même avons eu une demi-heure pour nous recueillir. Puis, histoire de feinter la meute médiatique, nous nous sommes éclipsés par une porte dérobée. Je ne saurais dire combien de minutes ont passé (le temps peut-être de remplir quelques papiers) avant que je revienne sur mes pas pour vérifier que nous n'avions rien oublié dans la chambre de Laurent.

En y pénétrant, je crus m'être trompée d'endroit. Stupeur ! La chambre était propre, elle venait d'être nettoyée, le sol brillait encore, le lit était refait, les rideaux ouverts. Devant la porte, un chariot avec un sac-poubelle d'où dépassaient des magazines et des victuailles que je reconnus ; c'étaient les nôtres.

J'eus l'impression de me trouver dans une pièce sans âme dont l'aspect immaculé n'était rien moins que la négation de toutes les souffrances et de toutes les peines endurées depuis des mois. J'en restais les lèvres tremblantes et le souffle court. Ultime violence.

Laurent Fignon avait bien séjourné ici.

Avant de disparaître.

Au suivant.

Se reconstruire

La pluie ne tombe pas que sur un seul toit.
Proverbe nigérian

Le croirez-vous ? Un jour, alors je me trouvais au columbarium devant la sépulture de Laurent, j'ai failli éclater de rire. Je venais d'entendre, dans mon dos, une femme dire à son mari :

— Regarde, regarde ! C'est, heu, Bernard Hinault !

Elle s'était immobilisée devant cette plaque mémorielle que j'ai voulu novatrice : y figurent trois portraits de Laurent, trois portraits en résumé d'une vie, trois portraits où, tour à tour, le champion cycliste, le commentateur et l'homme privé sourient pour toujours. Ainsi, les fans, les proches et monsieur Tout-le-monde, chacun s'y retrouve…

J'ai eu une pensée amicale pour Bernard Hinault, n'ai bien sûr pas rectifié et me suis interrogée en silence sur ce que la notion de popularité peut dégager de force et de fragilité à la fois. Bernard n'est pas Laurent, Laurent n'est pas Bernard, non, franchement, le blond n'est pas le brun et vice versa !

En les confondant, la dame me ramenait à l'essentiel : la peine que l'on peut ressentir quand on a perdu un être cher. En les associant, elle les élevait au rang des hommes exceptionnels, en tout cas pour ce qu'ils ont réalisé dans leur domaine de prédilection. De ma mémoire, ressurgirent alors ces mots entendus à la télé au lendemain de la mort de Laurent : « Qui que nous soyons, quoi que nous fassions, nous avons tous, enfouis en nous, le petit panthéon de nos grands hommes… Et dans les mémoires de ceux qui, au début des années 80, sortaient de l'adolescence et aimaient le sport, on croise invariablement une demi-douzaine de totems qui ont pour nom Platini, Rocheteau, Prost, Hinault, Noah et Fignon. Ces gens-là ne sont pas entrés dans la vie des Français par hasard et ils n'en sortiront pas discrètement. C'est ce qui explique que ce matin, Laurent Fignon fasse la une de tous les journaux. »

Nous étions le 1er septembre 2010. Je comprenais alors que je pouvais être fière d'avoir côtoyé et aimé Laurent. Il faisait partie de ces hommes capables d'émouvoir parce qu'ils sont doués pour ce qu'ils font. Le grand public ressentait une forme de proximité avec lui. Mais je devais aussi admettre que, pas plus que sa vie, sa mort ne m'appartiendrait.

De même que n'a pu être maîtrisée l'annonce de son cancer, de même que son combat n'a pu se faire dans l'anonymat, de même que sa disparition n'a pu passer inaperçue, il est illusoire d'imaginer que Laurent puisse se reposer dans la tranquillité. Sa sépulture fait désormais partie du circuit touristique du cimetière du Père-Lachaise, on s'y presse par grappes de visiteurs, les guides la connaissent et pour ma part, j'ai vite compris que ce serait tout sauf le lieu adéquat pour se recueillir, en tout cas pour les proches. Je n'y vais pas souvent. Non pas que l'endroit me déplaise : il est plutôt joli, évidemment bien entretenu, mais je m'y sens contrainte à la discrétion, comme si je craignais, au milieu des gens qui prennent des photos ou touchent la plaque, d'être identifiée, repérée, questionnée. Je sais trop l'attente du public. Je la respecte et elle me touche. Comment rester insensible au fait que, toute l'année, l'endroit soit fleuri par la grâce d'une anonyme générosité ? Comment ne pas s'émouvoir de la démarche de ces fans anglais qui traversent régulièrement la Manche pour rendre hommage au champion ? Sur place, certains ont même déposé une traduction anglaise du livre de Laurent, dans une pochette en plastique, avec ce petit mot : *A lire et à remettre à sa place.*

A vrai dire, moi qui ne suis entrée dans la vie de Laurent qu'après sa période vélo, je n'ai peut-être pris la mesure exacte et définitive de ce qu'il représentait qu'au lendemain de sa disparition. D'abord, il y eut, c'est vrai, l'unanimité médiatique : de *Vélo Magazine* au *Figaro* en passant par *Libération*, *Gala* ou *VSD*, la presse, dans toute sa diversité, avait salué qui le champion, qui le battant, qui l'homme, qui le malade, qui la « figure française », soulignant le côté atypique du personnage, *L'Equipe* se distinguant par un court éditorial si justement intitulé *Un mec à part* (signé Gérard Ejnès, l'une des plus belles plumes de l'histoire du journal), à l'appui d'une « une » d'une bouleversante sobriété, *Laurent Fignon, 1960-2010*. Il y eut ces monceaux de lettres signées de sportifs, de politiques, d'amis ou d'anonymes ; ce flot, s'il a évidemment diminué, n'est pas prêt de se tarir puisque aujourd'hui encore, la date anniversaire de la mort de Laurent ou les fêtes de Noël sont l'occasion pour moi de lire ou d'entendre de nouveaux témoignages de sympathie, écrits ou verbaux. Il y eut ces initiatives locales qui ont abouti à diverses inaugurations : une rue à Montpellier, une place à Tournan-en-Brie (la ville qui a vu grandir Laurent), un complexe sportif à Toulouse, des stèles à Créteil et jusqu'en Italie ! Il y eut la création de la « Voie Laurent Fignon » qu'au pied du Tourmalet, les cyclistes à l'assaut des Pyrénées empruntent désormais. Il y eut ces courses, ces trophées de golf, dédiés à Laurent. Il y a toujours ces sites Internet que les fans alimentent régulièrement en photos et commentaires. Il y aura demain un parcours VTT, un téléfilm sur sa vie, que sais-je encore, toutes ces choses qui réconfortent autant qu'elles perturbent tant elles témoignent d'une aura que je n'avais pas mesurée et qu'il est de mon devoir de « gérer ».

Oui, c'est bien cela, gérer l'héritage de Laurent, au sens économique comme au sens sentimental, gérer l'héritage d'un homme, le mien, dont des millions de personnes se sentent proches voire propriétaires ! C'est à la fois angoissant et appréciable. Combien d'hommes m'approchent pour me parler de Laurent ? Ils sont souvent émus, parfois larmoyants, toujours sincères et leur attitude me trouble autant qu'elle me réchauffe le cœur. Je ne suis pas Laurent mais on me parle de lui comme si j'étais lui. Je ne suis pas Laurent mais tout l'amour qui lui est destiné me profite. Sa personnalité, que je le veuille ou non, s'inscrit en surimpression de la mienne et, à la réflexion, je crois bien que tout cela ne facilite pas ma reconstruction. En fait, j'apprendrai assez vite qu'au contraire, je suis une privilégiée. Le fait que Laurent ne soit pas un inconnu pour le grand public et qu'en conséquence, on me parle de lui, me permet d'évacuer. L'évocation de Laurent, quotidienne depuis sa mort, agit comme une pierre ponce : plus on frotte, plus on lisse… Voilà pourquoi j'accueille chaque initiative avec une émotion sans cesse renouvelée, même si je ne peux répondre positivement à toutes les sollicitations. Elles sont innombrables, et si elles partent toujours du meilleur et du plus sincère des sentiments, me renvoient systématiquement à mon statut de veuve ce qui, à la longue, est éprouvant.

Se reconstruire pour sauver sa peau. Impératif. Incontournable. Prendre les choses à la légère ? Pas question, ce serait le plus sûr moyen de finir en dégât collatéral… J'en sais quelque chose, j'ai déjà vécu ça, je connais le film.

J'avais vingt-cinq ans, lui aussi. Il s'appelait Yannick et je l'aimais. Je l'aimais comme on aime à cet âge-là, d'un amour immature, fort et sincère. Je l'aimais depuis un an et puis un jour, lui qui se sentait si mal, il a pris des médicaments, beaucoup de médicaments, trop de médicaments… On n'a jamais su s'il voulait réellement en finir mais il ne s'est jamais réveillé. Et moi je me suis retrouvée seule, comme la dernière des connes, jeune femme déboussolée, surveillante à mi-temps dans un lycée entre Nevers et Paris, en transit entre un amour douloureusement perdu et un avenir impossible à imaginer, bientôt flanquée d'une petite valise que j'irais poser chez ma mère, à Nevers. Retour au bercail ! Val et sa valoche !

Aller simple pour la chambre où j'avais grandi, toujours moquettée de rose, à jamais ornée de ce papier peint à fleurs roses et blanches, des jours entiers à verser des torrents de larmes sur le lit trop petit et trop étroit de la petite fille que j'avais été. Oui, je connaissais le film, j'en avais éprouvé la dureté car à vingt-cinq ans, à Nevers, les amis aux abonnés absents et sans mode d'emploi, eh bien on s'allonge et on attend. Douleur et solitude. Oui, je connaissais le film, je savais que la perte d'un être cher vous fiche à terre, qu'elle ôte tout son sens à la vie, qu'elle vous mine physiquement et moralement, qu'elle déchire quelque chose qui, au fond de vos entrailles, doit s'appeler l'envie. Alors voilà, c'est cette cicatrice que la mort de Laurent a rouvert, me faisant craindre le pire.

Je ne sais pas ce qui m'a sauvée – je ne sais d'ailleurs pas si je puis m'estimer sauvée – mais il y a fort à parier que l'activité a servi d'exutoire. Oui, le malheur est (partiellement) soluble dans l'action et l'avantage, c'est que sur ce point, je n'ai pas eu le choix. Laurent était un chef d'entreprise doublé d'un homme public. Au lendemain de son décès, j'ai donc vu défiler journalistes, avocats, notaires, comptables, associés, employés. Tout cela maintient en éveil… Bien qu'étant par ailleurs salariée d'une grande entreprise, je me suis retrouvée gérante de sociétés, il me fallait régler des affaires qui n'étaient pas les miennes et ne l'avaient jamais été. Savez-vous ce que Laurent me répondait, alors qu'il se battait contre la maladie et que je lui proposais mon aide ?

Ceci :

— Occupe-toi de ton boulot et laisse-moi m'occuper de mes affaires !

A présent, je m'occupais des siennes. Laurent avait monté six sociétés que je devais fermer. En matière de formation accélérée au droit du travail, au droit des entreprises, au droit tout cours et aux méandres de l'administration française, on ne fait pas mieux. Ou pire. Que de paperasse ! Il fallait payer les factures en attente, suspendre les prélèvements automatiques, licencier, mettre en vente l'appartement et les bureaux. J'ai passé des journées entières à tenter de joindre certains organismes. Quand j'avais un interlocuteur, il n'était pas rare qu'il me dise le contraire de l'interlocuteur précédent. J'ai jonglé avec les lettres recommandées, improvisé des assemblées générales pour me faire bombarder gérante de sociétés dont je découvrais parfois le fonctionnement. J'ai fourni des dizaines de copies de l'acte de décès de Laurent où il était systématiquement stipulé que sa mort était naturelle et non pas accidentelle car dans la seconde hypothèse, les assurances ne fonctionnent pas. J'ai dépensé une énergie qui, rétrospectivement, me stupéfie. Sans doute en ai-je puisé une bonne partie auprès de l'entourage, si présent, si prévenant. Car s'est mise en place une sorte de chaîne de solidarité dont le principe tenait en une formule : surtout, ne jamais la laisser seule ! Conséquence, pendant huit mois, je n'ai quasiment jamais dormi à la maison. Les rares fois où j'y ai passé la nuit, ce fut en compagnie d'un ami ou d'une amie. Je comprends maintenant combien ces présences ont compté, que ce soit à la maison où dans l'open space qui abritait les activités de Laurent. Je l'y avais souvent rejoint. Ici, avaient fusé autant de rires que d'idées ; ici, avait résonné la fureur de quelques engueulades mémorables ; ici, avaient traîné quelques mots d'amour ; ici, s'étaient échangés quelques regards entendus, quelques baisers furtifs… Tout, ici, me rappelait l'absent : le moindre document écrit de sa main, le fauteuil en cuir noir où il aimait s'installer, son ordinateur dans lequel j'étais amenée à fouiller avec la crainte de tomber sur quelque chose d'intime ou de compromettant, la trace d'une maîtresse cachée ou la photo d'une vieille conquête ! Il n'en fut rien.

Oui, l'entourage s'est avéré capital pour empêcher que l'omniprésence de l'absent me rende folle. Et il a même su faire preuve, cet entourage, d'une audace dont je ne reviens toujours pas. Ainsi, les amies avec lesquelles je courais habituellement le Raid Amazones m'ont-elles convaincue de les accompagner à Mayotte pour l'édition 2010. Six semaines seulement après le décès de Laurent ! Je ne voulais pas. J'ai cédé. Et ce raid m'a fait un bien fou : je n'avais mal nulle part, j'avançais comme jamais. Notre équipe n'a pas gagné, mais quelle victoire pour moi ! Je me sentais forte, invincible ! J'ai fait la plus belle chute de ma vie à VTT, une scolopendre m'a mordue, même pas mal, rien, comme si Laurent m'avait transmis sa force. Je conserve de cette période le souvenir d'un rythme de vie haletant, d'une fuite en avant : j'acceptais toutes les invitations, je disais oui à la famille, oui aux amis, oui à de simples connaissances, oui à tous ceux qui voulaient me voir pour m'apporter un peu de réconfort, oui à tous ceux qui, au fond, me permettaient de fuir la solitude. Dans ce contexte, on s'expose, contre toute attente, à une forme d'alcoolisme mondain ! Car vous imaginez bien qu'à chaque fois, ma présence valait bien qu'on ouvre une bonne bouteille, de champagne ou de vin ! Et moi qui buvais modérément (et jamais seule), je me suis surprise à me retrouver en permanence avec un verre à la main. Un verre, deux verres, trois verres, il arrivait que la bouteille se vidât dans la soirée et que la dernière larme, ce soit moi qui la verse…

Mais le goût pour l'action et le sentiment d'être bien entourée ne sauraient suffire et vous épargner un détour par la case psy… Car le deuil se vit dans la solitude… Après la perte de l'être aimé, la dépression vous attend au tournant. Elle guette le moment pour surgir et elle est patiente… Me concernant, elle a attendu cinq mois, que je m'envole pour le Costa Rica avec un groupe d'amis. Première erreur : c'est un voyage que nous avions prévu de faire avec Laurent, mais Laurent n'était plus là. Dommage. Car il y a, dans ce pays, tout un tas d'animaux à découvrir, à commencer par les oiseaux pour lesquels Laurent avait une attirance particulière. Il excellait à imiter leur cri. Les volatiles le fascinaient, il en avait même empaillé quelques-uns dans ses jeunes années, avant que la carrière du sportif prenne le pas sur celle du taxidermiste amateur. Seconde erreur : il n'y avait que des couples… Le calvaire : du mal à respirer, envie de rien, envie du pire. Avouerai-je un jour à tous les camarades qui se trouvèrent avec moi dans un petit coucou pendant une vingtaine de minutes, le temps d'un vol intérieur, que je n'avais qu'un seul souhait : que l'avion se crashe ? Retour à Paris, antidépresseurs et somnifères à gogo…

Là encore, les amis seront d'un grand secours en m'offrant trois livres sur le deuil. L'un d'entre eux

(*Vivre le deuil au jour le jour*, du psychiatre Christophe Fauré) me captive au point que je le dévore. Je m'y retrouve complètement, j'ai l'impression qu'il a été écrit pour moi. A peine le livre refermé, une évidence s'impose : il faut que j'en rencontre l'auteur. J'ai la conviction qu'il va me sauver. Je le devine apaisant, gorgé d'empathie, je ne connais de lui que ses écrits mais je sais déjà qu'il ne me décevra pas. Je l'appelle, prends rendez-vous. Et quelque temps plus tard, au cœur de Paris, je pousse une petite porte bordeaux et traverse une cour au fond de laquelle, à l'abri d'une porte-fenêtre garnie de rideaux, bercés par un filet musical, des bouddhas immobiles surveillent des livres posés sur une étagère : me voilà chez le Docteur Fauré.

Barbe naissante, regard de soie, l'homme est à l'image du lieu : s'en dégage une douceur infinie. Il me montre l'un des deux fauteuils blancs qui se font face et c'est parti, à raison d'une séance par semaine, pour dix mois d'un douloureux plaisir. Au début j'ai pleuré, juste pleuré. Il a suffi que le psy me demande pourquoi je venais le voir pour qu'une première larme se forme à la commissure de mes yeux. D'abord, on l'essuie discrètement avec la première phalange de l'auriculaire, on croit qu'on va pouvoir donner le change. Mais déjà, l'autre œil s'humidifie. Après, c'est la narine droite, puis la narine gauche et pour finir, les chutes du Niagara ! Plus question de se cacher derrière les trois phalanges de son petit doigt. Je lui vidais systématiquement sa boîte de mouchoirs en papier posée à gauche du fauteuil et qui, j'y pense maintenant, n'était pas là par hasard… Après chaque rendez-vous, j'enfourchais mon scooter et par réflexe, en réglais le rétroviseur. Du regard, j'y captais mon reflet. Au secours ! Une tête de bougnat : à chaque fois, le maquillage avait coulé. L'impression d'avoir passé trois quarts d'heure dans le tambour d'une machine à laver… Et puis, après quelques séances de purge, ont commencé les échanges. Nous avons parlé de la mort, de la vie, de la joie de vivre. Il détaillait les phases du deuil que j'étais en train de vivre : le fait de savoir ce qui m'attendait m'aidait à progresser. J'anticipais, décryptais, comprenais ce qui m'arrivait. Ainsi pourrais-je, dès lors, l'accepter… Désormais, je savais qu'au choc de la disparition de l'être aimé, succédait une phase de déni où les émotions sont anesthésiées. Cette phase, je l'avais d'ailleurs vécue lors des obsèques en ne pleurant pas.

— Tu es forte, tu es digne…, m'avait-on dit à plusieurs reprises alors que j'étais dévastée.

Du coup, je comprenais ce qu'avait été mon attitude, tout comme je comprenais la quasi-euphorie qui avait suivi avant que la dépression se manifeste. Tout cela était classique, normal, inévitable. Le deuil a besoin de temps pour vous mettre sur le chemin de la restructuration, celui où se redéfinit la relation avec le monde, avec l'absent, avec soi-même… Vouloir brûler les étapes revient à nier le processus de cicatrisation et à favoriser la résurgence d'une douleur vive, insidieuse, dont nul ne peut imaginer l'intensité s'il n'est pas directement concerné. L'absence de l'être cher est physique, immédiate. Et elle peut mener à des moments ahurissants. Ainsi, quelques mois après le décès de Laurent… Un soir, j'étais allongée sur mon lit, le cœur gros et l'esprit vagabond. Soudain, je me relève. En sursaut. Violemment. Et je m'assois sur le bord du lit : je venais de sentir le poids du corps de Laurent sur moi et il m'embrassait ! Je suis certaine que je ne dormais pas, que je ne rêvais pas.

Je le sais, tout, à tout moment, peut me rappeler la vie d'avant avec cruauté. Comme quand je suis revenue à la maison : en me glissant dans les draps, je fus prise à la gorge par une odeur que j'identifiai immédiatement, celle de la chimio. Une odeur d'hôpital, désagréable et familière, dont notre matelas et l'oreiller de Laurent étaient imprégnés. Et puis il y a les vêtements. Quand j'ouvre un placard, je vois ceux de Laurent, donc je revois Laurent dans ce pull mauve ou cette chemise noire que j'ai sous le nez. Quand je monte dans la voiture, je visualise Laurent faisant de même, à moins que je m'attende à le voir apparaître dans l'embrasure de la porte opposée, comme s'il était sur le point de s'installer à la place du passager, à côté de moi. Chaque geste déclenche une mitraille de souvenirs, une sorte de chorégraphie muette dont Laurent tient l'invisible premier rôle. Chaque objet, du plus personnel au plus banal, raconte un pan de sa vie. Parce que la brosse à dents ou le rasoir qui sont toujours là, dans la salle de bains, il les a touchés, utilisés. Les jeter ? Oui, non, peut-être, je ne sais pas, un jour… La cruauté de la situation paralyse. Il m'a fallu plusieurs mois pour donner des vêtements de Laurent à ses amis qui acceptaient de les porter. Une manière d'agir sans le faire complètement, comme si je caressais inconsciemment l'espoir absurde de voir Laurent réapparaître et reprendre possession de ses affaires. D'ailleurs vous savez quoi ? Il est revenu. Un rêve, un de plus :

— Mais qu'as-tu fait de mes affaires ? m'a-t-il demandé avant de disparaître à travers un mur comme un fantôme, sans que j'aie trouvé quoi que ce soit à lui répondre !

Des fringues chez les potes, la plupart des objets dans une armoire fermée mais bel et bien là : tout y est, au cas où… Penser que Laurent puisse réapparaître n'a aucun sens mais le fait que l'idée m'ait traversé le cortex est révélateur du vide qu'il a laissé. Je le comble à ma manière : je porte toujours la montre que je lui ai offerte pour fêter notre première année de mariage, et si vous me voyez avec une chemise un peu trop grande pour moi, c'est qu'elle appartient à Laurent. J'en ai conservé une paire, ainsi que quelques pulls, quelques écharpes, que j'aimais renifler pour retrouver le parfum ou l'odeur de l'absent. Oui, que j'aimais renifler… Car plus le temps passe, moins l'odeur est présente. Jusqu'au jour où il n'y a plus d'odeur. Et là, on apprend ce que recouvre l'expression « être en manque ». J'ai cru devenir dingue : ces fringues que je reniflais comme des doudous ne sentaient plus rien, plus rien qui me soit familier. Alors j'ai rouvert des placards, fouillé, cherché, testé, senti, tout, n'importe quoi, des sous-vêtements, j'ai même trouvé un caleçon, j'étais une junkie qui court après sa dose. Il me fallait sentir pour survivre, me rabattre sur l'odorat parce qu'il n'y avait plus de toucher possible.

La vue, quant à elle, est en permanence sollicitée : il y a, à la maison, tout un tas de photos et de tableaux à l'effigie de Laurent. On me les a offerts après sa mort ; je ne parviens toujours pas à les soustraire à ma vue et a fortiori à m'en séparer. Le ferai-je un jour ? Je ne sais… La question, je pense, se posera quand je déménagerai et il sera alors toujours temps d'y répondre. Je sais les choses imminentes puisque je cherche un nouvel appartement. Mon premier réflexe, lorsque j'en visite un, c'est d'évaluer s'il y a assez d'espace pour y caser nos deux canapés. Je ne les ai jamais beaucoup aimés mais j'ai vu Laurent affalé dessus si souvent que pour l'instant je n'imagine pas m'en séparer. En revanche, pas question de rester dans le même quartier ; pas question de prendre le risque de me retrouver seule dans des boutiques où je faisais mes courses avec Laurent, sur des trottoirs que j'arpentais avec lui. Changer de lieu aide à changer de vie ; j'écris ces mots par commodité, en ayant conscience qu'ils ne sont pas adaptés à la situation. Il ne s'agit pas de changer de vie ou de refaire sa vie. Il s'agit de vivre, tout simplement. D'avancer, en comprenant que ce qui était établi hier ne le soit plus aujourd'hui, en acceptant que le « Nous » se soit transformé en « Je », en ayant conscience que le « Je » signe certes la solitude mais qu'il revendique aussi le fait d'exister. Je suis vivante, j'ai un cœur qui bat, Laurent y occupe une place immense mais cela ne m'empêche pas d'envisager qu'il puisse encore s'émouvoir, revivre le frisson de l'amour. Avec la mort de Laurent, j'ai perdu un confident, connu le vide psychologique. Des liens d'amitié forts se sont tissés avec certaines personnes. Il a pu m'arriver de m'abandonner dans les bras d'un homme parce que le manque du corps de l'autre et le trop-plein d'émotions m'ont conduite à vérifier que j'étais toujours une femme libre de mener sa vie, dotée de volonté, et non pas un être dont les événements décident du sort. Ne pas subir. Jamais. Il y a du

Laurent dans cette attitude… Et si j'ai pu avoir l'impression de trahir mon mari, le psy m'a démontré qu'il ne faut surtout pas culpabiliser. J'ai compris que j'étais une « femme normale » avec des « réactions normales » et cela m'a aidée à avancer, à envisager un avenir que je n'avais pas choisi et qui consiste à vivre sans Laurent.

Lui-même, d'ailleurs, avait senti les choses…

Te rappelles-tu, Laurent ? Au crépuscule de ta vie, tu avais évoqué l'après… C'était un soir. Assis sur les tabourets en bois recouverts de tissu rouge, de part et d'autre de la table haute de la cuisine, nous achevions de dîner, sans grand appétit… Quelques heures auparavant, les médecins nous avaient confirmé que la chimiothérapie ne donnait aucun résultat. J'en étais triste et tu l'avais senti. Te rappelles-tu Laurent ? Tu t'étais levé, tu avais contourné la table, tu m'avais fait descendre de mon tabouret et tu m'avais serrée dans tes bras. Je m'étais mise à sangloter. C'était plus fort que moi. Je savais qu'il ne fallait pas pleurer devant toi, on me l'avait dit et répété, j'avais admis, j'avais compris la chose, mais désolée, je ne parvenais plus à me retenir. Ce que tu m'avais alors confié, Laurent, je me le rappelle au mot près :

— Ma petite chérie, si je dois mourir, c'est comme ça, c'est la vie. Tu seras triste un moment et tu referas ta vie. En tout cas, moi, c'est ce que je ferais à ta place.

C'était insoutenable et beau, Laurent. Tu me parlais de mort et de liberté. De ta mort. De ma liberté. Froidement. Tu ne pleurais pas. Sur le coup, j'avais trouvé le propos inadmissible. Je sais aujourd'hui qu'il était lucide, généreux, salvateur. En une phrase, tu m'as donné ton aval, l'autorisation de vivre, un passeport pour le bonheur. Que serait-il advenu de ma reconstruction si tu m'avais tenu le discours inverse ? Rien de bon, à coup sûr…

Laurent m'a aidée et j'en suis à m'étonner du chemin parcouru. Après avoir cru que le plaisir et l'envie m'avaient abandonnée pour toujours, je perçois avec un appétit de vivre décuplé que non, la tristesse n'est pas une fatalité ! Connaître des moments de joie, renouer avec le bonheur, tout cela reste possible, j'en suis aujourd'hui convaincue.

Ai-je changé ? Evidemment. Je sais que je ne suis plus tout à fait la même mais je ne sais pas encore quel genre de personne je suis devenue. J'ai l'impression d'être en gestation de moi-même, au milieu du gué, entre deux rives, celle où Laurent et moi avons dû nous séparer et celle où m'attend le reste de ma vie. Le fait que je sois en pleine réflexion sur le plan professionnel s'inscrit dans ce processus. Après la mort de Laurent, j'ai démissionné de la société Point P dont j'étais salariée. Ce que j'y faisais me paraissait futile au regard de ce que représentait le règlement des affaires de Laurent. A présent, j'ai conscience de ce que j'ai quitté et je l'assume car cela coïncide avec mon désir d'avancer, de progresser, de me sentir valorisée. L'événementiel ? La communication ? J'ai, dans ces domaines, quelques compétences et je me vois bien travailler sur des missions ponctuelles. Je cherche… L'après-Laurent aurait pu m'anéantir. Je m'aperçois que, paradoxalement, il est fait de mille rencontres, de mille projets. Ce livre en est un. Le tournage du téléfilm inspiré de la vie de Laurent en est un autre. J'ai conscience que le fait de s'appeler Fignon ouvre des portes. C'était déjà le cas avant le décès de Laurent et ça l'est toujours, parfois trop : il arrive, quand je me présente, que des personnes s'excusent de ne pas m'avoir reconnue alors que nous nous rencontrons pour la première fois ! C'est ainsi, Fignon est mon nom, je n'en changerais pour rien au monde, je n'en joue et n'en jouerai jamais, c'est juste mon nom et je suis fière de le porter.

Le porterai-je toute ma vie ? Oui, sans doute, ça me paraît évident. Il faudrait, pour que j'en change, que je me remarie, qu'on me le demande et que j'accepte de le faire… Ça fait quand même beaucoup de conditions ! Je ne dis pas que je ne connaîtrai pas de nouveau le grand Amour mais j'ai du mal à me projeter. Y penser, c'est faire l'inventaire de toute une série de critères qui ressemblent plus à des doléances qu'à des mots d'amour ! Si (heureux) élu il y a un jour, ce sera un homme sans problème ; je les fuis ! Si élu il y a, il devra s'abstenir de râler ; j'ai trop donné ! Si élu il y a, ce sera lui chez lui et moi chez moi ; depuis la mort de Laurent, j'apprécie le silence et la solitude qui auparavant m'angoissaient. Si élu il y a, il me faudra le présenter à mes amis et surtout à ceux de Laurent et là, autant vous dire que rien que d'y penser, j'ai le vertige ! Il m'arrive même de me dire que, si élu il y a, il faudra qu'il soit « Lolo-compatible », c'est-à-dire que ce soit un homme qui aurait plu à Laurent si la vie les avait fait se rencontrer. Un peu comme si j'avais besoin d'un complément d'autorisation de sa part. Ça frise le ridicule : si j'en suis à penser cela, c'est tout simplement que je ne suis pas encore prête.

Chez le Docteur Fauré, les heures sont une poignée de secondes. J'aurais voulu que les consultations durent la journée entière car je me sentais bien dans le fauteuil blanc, même si je n'y entendais pas que des choses agréables : oui, le deuil peut prendre cinq ans ; oui, la deuxième année est plus difficile ; oui il faut céder à la colère quand elle surgit.

Et après ?

Ce qui compte, c'est la vérité. Et chez le Docteur Fauré, j'ai le sentiment d'avoir renoué avec cette vérité dont j'ai l'impression que pendant quinze mois, d'hôpitaux en hôpitaux, de spécialistes en spécialistes, elle m'a évitée.

La reconstruction est un chantier permanent. Je ne suis pas à l'abri d'une rechute, pas à l'abri d'un rêve à double interprétation. Le dernier en date ? Dans un lieu indéterminé, Laurent apparaît. Je l'apostrophe :

— Mais qu'est-ce que tu fais là Laurent ? Si tu reviens, le livre que j'écris, le film qui se prépare, tout cela n'aura plus lieu d'être !

Réveil en sursaut.

Fugace mais terrible.

Sur le coup, je me trouve détestable. Comment puis-je ainsi parler à l'homme que j'ai tant aimé et tant pleuré ? Avec un peu de recul, je me dis qu'au contraire, je suis peut-être sur le chemin de l'acceptation de la mort de Laurent. Signe d'une confiance retrouvée… Car je sens monter en moi, lentement, quelque chose qui ressemble de plus en plus à de la sérénité, quelque chose qui me permet de tourner les pages de nos albums photo sans pleurer, parfois même en souriant, quelque chose qui parvient à me faire parler de Laurent sans tristesse, quelque chose d'incommunicable et de bon qui mêle la douceur du souvenir et l'énergie de l'espoir. Oui, j'ai confiance parce que j'ai appris chez le Docteur Fauré que plus l'histoire entre deux êtres est belle, plus le deuil est facile à faire, parce qu'il n'y a pas de culpabilité. Et notre histoire, à Laurent et moi, elle est belle, tout comme l'est l'histoire avec nos amis. Les siens, les miens, peu importe. Eux aussi nourrissent ma confiance. Ils et elles sont toujours là ; aucun, aucune ne m'a lâchée. Bientôt, je gravirai le Kilimandjaro et je ne serai pas seule. Cinq amies m'accompagneront. Nous irons là-haut, à 5 895 mètres d'altitude, ensemble, pour Laurent qui avait un temps caressé l'espoir de relever ce défi. Et avant de redescendre, nous évoquerons sa mémoire comme nous le faisons régulièrement. J'en parle presque avec gaieté car Laurent n'est pas, n'a jamais été et ne sera jamais un sujet tabou. Au contraire, chaque évocation d'un épisode de sa vie me fortifie.

Il y a peu, Alain Gallopin, l'ami de toujours, m'a raconté cette histoire :

— Tu sais qu'en 89, Laurent a perdu le Tour de France pour huit secondes. Huit secondes… Un truc de fou ! Je te le dis et je te le répète, Valérie, c'est la pire chose qui puisse arriver à un coureur. Le dimanche, après l'arrivée sur les Champs-Elysées, la soirée a été terrible. Tu m'entends Valérie ? Terrible… Laurent ne disait rien et je n'osais pas l'ouvrir. Le lendemain, le lundi, aucun contact. Pas un coup de fil, rien. J'osais pas appeler. Mais j'étais inquiet. Je me suis dit que j'allais attendre encore vingt-quatre heures et que je l'appellerais…

Mais le mardi, c'est Laurent qui appelle. Il est 7 heures du matin. Au bout du fil, une voix calme, ferme :

— Ecoute-moi bien Alain. J'ai fait deuxième du Tour. Tu m'entends ? Deuxième. Je n'ai pas gagné, c'est LeMond qui a gagné. Les autres peuvent me dire tout ce qu'ils veulent, que je suis le vainqueur moral, que LeMond avait un équipement que je n'avais pas, que huit secondes c'est rien, tout un tas de conneries… Mais toi, Alain, tu me racontes pas d'histoires, j'ai fait deuxième, voilà, c'est tout.

Et Laurent de raccrocher.

De cet épisode qui sur le plan sportif fut une tragédie, de cet épisode qui aurait pu nourrir des siècles de conversations, les deux hommes, pourtant intimes, n'ont jamais reparlé.

— Tu te rends compte la force de caractère du mec ? me dit Alain. Tu te rends compte la leçon ? Du jour au lendemain, comme ça, il tourne la page !

Oui je me rends compte…

Tourner la page ?

On ne la tourne jamais.

Ça aussi, je l'ai appris chez le psy.

Mais j'essaie mon Amour, j'essaie…

Merci à…

Manuel Carcassonne et Grasset, parce qu'ils m'ont fait confiance.

Michel et Patrice, parce qu'ils m'ont initiée au douloureux plaisir de l'écriture.

Ma famille et ma belle-famille, parce qu'elles m'aiment et me le prouvent sans cesse.

Les amis, parce que ceux d'hier sont ceux d'aujourd'hui, parce qu'ils m'ont épaulée, soutenue, écoutée, lue et encouragée.

Et toi, Laurent, parce que tu as su m'aimer, transmettre et marquer ma vie.

Table

PAPIER À BASE DE FIBRES CERTIFIÉES

Le Livre de Poche s'engage pour l'environnement en réduisant l'empreinte carbone de ses livres. Celle de cet exemplaire est de :
250 g éq. CO_2
Rendez-vous sur
www.livredepoche-durable.fr

Composition réalisée par PCA

Achevé d'imprimer en décembre 2013 en France par
CPI BRODARD ET TAUPIN
La Flèche (Sarthe)
N° d'impression : 3003209
Dépôt légal 1re publication : janvier 2014
Librairie Générale Française
31, rue de Fleurus – 75278 Paris Cedex 06

31/7942/1